書下ろし

尼《あま》さん開帳

睦月影郎

祥伝社文庫

目次

第一章　快楽こそ幸福の道なり

一

（ああ……、またこの夢か……）

慈雲《じうん》は、夢を見ながらそう思った。

自分は草原に仰向けになり、昇る太陽と抜けるように澄んだ紺碧《こんぺき》の空を仰《あお》いでいる。そして鳶《とび》が鳴きながら輪を描いていた。

隣に誰かがいるような気がしているが、身動きできずそちらを見ることが出来ない。

たぶん女だと思うのだが、誰なのか分からなかった。あるいは、自分と情を通じた相手なのかも知れない。

とにかく、ここ最近とみに見る夢だった。

やがて慈雲は、木の幹にもたれたまま目を覚ました。竹筒の水を飲み、錫杖《しゃくじょう》に縋《すが》って立ち上がった。

よろよろと木陰を出て空を仰いだが、夢の風景とは似ても似つかぬ厚い雲が天を覆《おお》っていた。

慈雲は十八歳。本名は坂部《さかべ》圭一郎《けいいちろう》という元武士だった。

家は上総《かずさ》の小藩で、母は亡く父一人子一人だったのだが、藩の金を着服した不祥事で父は切腹、家は改易《かいえき》。憐《あわ》れに思った菩提寺《ぼだいじ》の住職が、八歳だった彼を引き取り寺で育てた。

しかし老師も隠居して代が替わり、坊主の見習いとして十年過ごした慈雲は江戸へ赴《おもむ》くことになった。老師が知り合いの寺を紹介してくれ、少しでも見聞を広めるよう配慮してくれたのだろう。

しかし路銀は少なく、慣れない旅で疲労も極に達していた。

(そろそろ千住《せんじゅ》か……)

慈雲は道しるべを見ながらフラフラと南下し、さんざん迷いながらようやく目当ての寺を見つけたときにはだいぶ日が傾《かたむ》いていた。

江戸といっても、上総とさして変わらず草木ばかりで閑散とし、それでも周囲には武家屋敷らしい建物も点在していた。

寺は、あまり大きくはないが古そうだ。

しかし境内《けいだい》は手入れされ、裏手にはこぢんまりと墓地があった。慈雲は境内に入り庫裡《くり》に向かおうとしたが、そこでいきなり怒鳴られた。

「何者！　物乞《ものご》いなら早々に立ち去れい！」

凛《りん》とした声が響き、朦朧《もうろう》とそちらを見ると、二本差しに前髪の涼しい美丈夫が仁王立ちになり、切れ長の眼差《まなざ》しで彼を睨《にら》んでいた。

青年武士か、いや、長身だが体つきや胸の膨《ふく》らみからして、どうやら女のようだ。

江戸には、男装をした女武芸者がいるようだ。

山寺で育ち、女といえば近在の百姓女しか見たことのなかった慈雲にとり、江戸に来て初めて見た女が男装の女丈夫とは何とも奇妙だった。

歳は、二十歳前後だろうか。

なぜ武家の女が境内にいるのか分からないが、とにかく慈雲は人に出会った安堵感と、胸の奥を摑《つか》まれたような眼光と怒声に、そのままへナへナと座り込み、気を失ってしまった……。

――どれぐらい時が流れただろう。慈雲がうっすらと目を開けると、自分は布団《ふとん》に寝かされ、障子の外には夕闇が迫っていた。

してみると、気を失っていたのも、ほんの半刻（約一時間）ばかりのようだ。節々の痛みや空腹の具合からして、翌日ということはなさそうだった。

「気がつかれましたか。慈雲どのですね。慈海《じかい》様からの手紙は受け取っております。私はここの住職で、恵心《けいしん》」

「あ……」

言われて、慈雲は目を丸くした。恵心と名乗った住職は、頭巾《ずきん》をかぶった法衣姿だが、まだ三十前の見目麗《みめうるわ》しく神々しい尼僧《にそう》ではないか。

とにかく彼は弾《はじ》かれたように身を起こし、深々と頭を下げた。

「上総から参りました、慈雲にございます。しかし、ここは尼寺《あまでら》でしょうか……」

「慈海様が書状を送った先代は、去年亡くなりました。今は私が」

「そうですか……、では私が住むわけには……」

「構いません。間数はございますので」

恵心が答えると、襖《ふすま》が開いて女丈夫が顔を出した。

「恵心様、粥《かゆ》が出来ました。おお、目を覚ましたか。先ほどは失礼、私は隣家の吉野《よしの》小澄《こずみ》」

彼女、小澄が言い、慈雲もまた頭を下げて挨拶《あいさつ》をした。

「では慈雲どの、夕餉《ゆうげ》に致しましょう。小澄さん、粥をお持ち下さいませ」

「あ、いえ、立てますので……」

恵心が言うのを制し、慈雲は懸命に立ち上がり、フラリとよろけた。

それを小澄が軽々と横抱きにした。

「も、申し訳ありません……」

慈雲は、小澄の甘い匂いを感じながら身を縮めて言った。

「なに、さっきも境内からこのように運んだ。それにしても臭い。夕餉を終えたら湯殿に案内して進ぜる」

小澄は言い、やがて彼を囲炉裏《いろり》のある部屋へ運んで下ろした。すぐに恵心も来て座り、小澄が芋粥を椀に取り分けた。

あとで聞くと、小澄は何かと、一人暮らしの恵心の世話をしているようだ。

先代住職が死に、しばし寺が無人となった折、流れ者の破落戸《ごろつき》たちが本堂で賭場《とば》を開いたようだ。それを小澄たち近隣の旗本の子弟が追い出し、地域の治安を良くした縁で、ここへ赴いた恵心も小澄を頼りにしているらしい。

常日頃、恵心は近在の子供たちを寺に集め、小澄とともに読み書きを教えているようだった。

「頂戴《ちょうだい》します」

慈雲は頭を下げて椀を受け取り、熱い粥をすすった。

どれぐらいぶりの真っ当な食事だろう。もともと最低限の路銀の上、慣れない旅で迷ってばかりいたため、すっかり文無しになっていたのだ。

熱い芋粥が腹に沁《し》み、ようやく生気が戻ってきた。

やがて三人で夕餉を済ませると、恵心は厨《くりや》で洗い物をし、小澄はまた慈雲を支えて湯殿に案内してくれた。

「脱いだものはこの盥《たらい》に浸《つ》け、明日自分で洗うと良い。寝巻は、恵心様のものをお借りした」

「分かりました。有難《ありがと》うございます」

慈雲が頭を下げて答えると、小澄は湯殿に手燭《てしょく》を置き、庫裡の方へ戻っていった。

彼は衣を脱ぎ、下帯《おびただ》を解き、全て湯殿の外に置かれた盥に浸けた。空はすっかり暮れなずみ、虫の声が夥しかった。

江戸の外れのこの地は、上総の山中と同じぐらい静かだった。

風呂桶に溜まっているのは、恐らく昨日の残り湯だろう。うんと冷たくはなく、浴びると心地よかった。

それに、これはあの美しい恵心が浸かった湯だろう。それを思うと、疲労困憊《こんぱい》しているのに、ムクムクと一物が妖《あや》しく鎌首を持ち上げてきてしまった。

この旺盛《おうせい》な淫気だけが、慈雲の悩みの種であった。

昨年あたりから、どうにも勃起ばかりし、寺に出入りする百姓娘の顔や肉体を思い浮かべては、いけないと思いつつ手すさびをし、熱い精汁を何度となく放ってきたのである。

しかし今はうっとりしている余裕はない。糠袋《ぬかぶくろ》で身体を隅々まで擦《こす》り、何度も身体を洗い流し、ようやく人心地ついたのだった。

もちろん勃起は治まらないが、初めて来た土地への緊張もあるから手すさびは控えて、そのまま身体を拭いて湯殿を出た。

恵心の寝巻に身を包むと、何やらあの美しい尼僧の肉体に包まれたような気になり慈雲はますます股間を熱くさせてしまった。

手燭を持って、さっき寝かされていた部屋に戻ると、小澄が手燭を受け取った。

「では、ゆっくり休むと良い。明朝、五つ半（午前九時頃）には子供らが来るので手伝って欲しい」

「分かりました。おやすみなさいませ」

慈雲が辞儀《じぎ》をすると、小澄も部屋を出て行き、彼も横になった。

そして股間の火照《ほて》りもそのままに、あっという間に深い眠りに落ちていったが、また夜半に目を覚ました。

遠くから響く鐘の音を数えると、まだ五つ（午後八時頃）だから、いくらも眠っていなかったようだ。

「……？」

何やら、人の声が聞こえ、それで目を覚ましたのである。

慈雲は、まるで何刻も眠ったように爽快な気分で目が冴え、頭もすっきりしてしまった。食事と風呂を終え、ここに住めると分かった安堵感から、僅《わず》かな眠りで充分に回復したのだろう。

そして彼はむっくりと起き出し、そろそろと声のした方へと移動してみた。

部屋の隅へ行き、襖をそっと開いて見ると、隣室には恵心と小澄が布団に横たわっていた。

慈雲は、細く開けた隙間から様子を窺《うかが》い、二人の囁《ささや》きに耳を澄ませた。

「恵心様……。今宵《こよい》も、構いませぬか……」

気の強そうな小澄が、何とも心細げな少女のような声で言った。

「ええ、快楽は、決して悪いことではないのですよ。無理に欲を抑えることの方が、ずっといけないことです」

恵心が答えると、やがて小澄が身を起こして脱ぎはじめ、たちまち一糸まとわぬ姿になってしまったのである。

慈雲は、行燈《あんどん》の灯に照らされた、美しき女武芸者の肢体《したい》に目を見張った。

二

(いったい何を始めようとしているのか……)

慈雲は、生まれて初めて見る女の裸に、激しく胸を高鳴らせた。そして自分は実際は目覚めておらず、夢でも見ているような気になった。

「どうか、恵心様も……」

小澄が、自分だけ全裸になったことを羞《は》じらうように言うと、恵心も頭巾を取り去り、法衣を脱いでいった。

小澄の肢体は実に引き締まり、肩も腹も太腿《ふともも》も筋肉が逞《たくま》しかったが、さすがに乳房は女らしい膨らみを持ち、腰も丸みを帯びていた。

そして恵心も、剃髪《ていはつ》した頭と透けるように白い肌が実に艶《なま》めかしく、乳房と尻は実に豊満だった。

やがて小澄が仰向けになると、恵心が添い寝していった。

「どうか、口吸いを……」

小澄が言うと、恵心も上からピッタリと唇《くちびる》を重ね、女同士で熱い息を混じらせた。

そして恵心は、小澄の乳房に手を這《は》わせ、やわやわと優しく動かした。

「ンン……」

小澄が熱く呻《うめ》き、しきりに唇と頰《ほお》を動かした。あるいは二人の舌がからみつき、ときに小澄は吸い付いているのかも知れない。

何という興奮する眺めだろう。慈雲は、女人同士の淫《みだ》らな行ないに畏《おそ》れを感じながらも、今にも果てそうなほど高まってしまった。

ようやく長い口吸いが終わると、

「お、お乳を……」

「こうですか」

小澄が言い、すぐにも恵心が優しく答え、乳首をそっと含んだ。

どうやら恵心は、小澄が望んで口にしたことを何でも叶えているようだった。

「あぁッ……、いい気持ち……」

小澄が顔をのけぞらせて喘《あえ》ぎ、恵心はチロチロと舌を這わせ、彼女の左右の乳首を交互に含んでは念入りに愛撫《あいぶ》していた。

何やら襖の隙間から、混じり合った女たちの匂いが悩ましく洩《も》れ漂《ただよ》ってくるような気さえした。

「私も、恵心様のお乳を吸いたい……」

「私のことは良いのですよ」

「でも、少しだけ……」

小澄が言うと、恵心も豊かな乳房を彼女の顔に寄せ、色づいた乳首をそっと含ませた。しかし小澄が強く吸い付き、懸命に舌で転がしても恵心は微《かす》かな笑みを浮かべたまま息一つ乱さず、ピクリとも反応しなかった。

どうやら完全に、恵心は相手の望むまま奉仕するだけで、自身の悦《よろこ》びは考えていないようだった。

全く感じないのは修行のたまものなのか、あるいは、元々そうした体質なのかも知れない。

やがて気が済んだように小澄が口を離し、再び仰向けになった。

「どうか、ここも……、お嫌でなかったら……」

「嫌ではありません。前にもして差し上げたでしょう」

小澄が、遠慮がちに股を開くと、恵心もすぐ心得たように言い、彼女の股間に移動していった。

（ま、まさか……）

覗《のぞ》いていた慈雲は、見てはいけないものを見ている罪悪感と妖しい期待に胸を高鳴らせた。

すると、恵心は大股開きになった小澄の股間に陣取って腹這いになり、そのまま屈み込んで恥毛の丘に鼻を埋め込んでいったのだった。

「アアッ……！」

小澄が身を弓なりにさせて喘ぎ、内腿でムッチリと恵心の顔を挟み付けた。

恵心も息を籠《こ》もらせ、しきりに鼻を押しつけていた。微かに、クチュクチュと音がするのは、舌を這わせているからなのだろう。

（ほ、陰戸《ほと》を、舐《な》めている……！）

慈雲は驚きと興奮に息を弾ませ、なお目を凝《こ》らした。

実は上総の寺にいた頃、出入りしていた行商人から一冊の春本をもらったことがあった。それから住職に隠れて、手すさびを覚えてしまったのである。

その本には、陰戸の図解が描かれていて、舌で悦ばせる愛撫の方法なども載っていた。しかし、これは絵空事《えそらごと》であり、ゆばりを放つところを実際に舐めるものなどいないだろうと思っていた。

しかし、それが頭にこびりつき、慈雲は女の陰戸を舐めたい、いや、足裏も肛門も全て味わい尽くしたいという願望にとらわれては、夜毎《よごと》に熱い精汁を放っていたのである。

小澄と恵心を見ると、どうやら、そうした愛撫はごく広く罷《まか》り通っていたようだった。しかも神聖な寺での女同士の行為に、慈雲は激しく勃起し、指で触れなくても果てそうになっていた。

「恵心様、どうか指も中へ……」

小澄が声を上ずらせ、しきりに身悶《みもだ》えながら言うと、恵心もオサネを舐めながら、指を陰戸に差し入れていったようだ。

「い、いく……、アアーッ……！」

たちまち小澄は、自ら乳房をわし摑みにしてのけぞり、ガクガクと腰を跳《は》ね上げながら気を遣《や》ってしまった。

実に凄まじい女の絶頂に、慈雲は息を呑《の》んで見守っていた。

やがて小澄がグッタリと力を抜き、ハアハアと荒い呼吸を繰り返すようになると、ようやく恵心も強烈な愛撫を止めて指を引き抜き、顔を上げて彼女の股間から這い出していった。

再び添い寝し、恵心は小澄の呼吸が整うまで、優しく抱いていた。

「男とは、どういうものなのでしょう……」

小澄が、か細く言った。

「どういうもの、とは？」

「一物を入れると、心地よいものなのでしょうか。恵心様の舌や指よりも……」

「確かに、最初は痛いけれども、するごとに良くなってきます。恐らく、入れられて気を遣るときは、舌や指より何倍も心地よいものですよ」

恵心が答えた。

してみると、二十歳前後の小澄は未《いま》だに完全に無垢《むく》。三十少し前の恵心は、情交を体験したことがあるようだ。あるいは後家となり、亡夫の菩提を弔《とむら》うため仏道に入ったのかも知れないと慈雲は思った。

「さあ、今宵はもう気が済んだでしょう。このままお眠りなさい」

恵心が小澄を抱きながら言い、互いに全裸のまま、そっと掻巻《かいまき》を掛けた。

小澄は、たまにこうして恵心の世話と称して泊まり込み、言いようのない欲求に身悶えながら、彼女に慰《なぐさ》めてもらっているようだった。

これ以上の進展はないと見て、慈雲は洩れ漂う女の匂いを嗅《か》いでから、そっと襖を閉め、静かに自分の寝床に戻った。

そして慈雲は、激しくそそり立っている一物を露出させ、激しくしごきはじめた。

恵心は、快楽を求めるのは決して悪いことではない、むしろ欲を抑える方が良くないのだと言っていた。

それは実に有難く、手すさびするたび罪悪感に苛《さいな》まれていた慈雲には救いの言葉であった。

ということは、慈雲が恵心に縋れば、何でもしてくれるのだろうか。

見ている限り、小澄のどんな要求にも、恵心はためらいなく慈愛の笑みを浮かべて応《こた》えてやっていた。そして恵心自身の快楽は一切要求せず、施《ほどこ》すばかりだったのだ。

いや、それは小澄が長身で強く、嫁のもらい手もなさそうなので憐れに思い、恵心が欲求を叶えていたのであり、同じく仏門にいる慈雲が、それを求めるのは許されないのかも知れない。

それならば、小澄が慈雲に欲求解消を求めてきたら、彼も恵心のように淡々と願いを叶えてやれば良いのだろうか。小澄も、さっきの話ではたいそう男に関心を持っているようだったのだ。

しかし慈雲は、恵心のように笑みを含んで、淡々と願いを叶えてやることなど出来ず、結局は声を上げ快楽にのめり込んでしまうだろう。

取り留めもなく、そのようなことを考えながら一物をしごくうち、たちまち慈雲は絶頂の快楽に全身を貫《つらぬ》かれてしまった。

「く……！」

身を反《そ》らせて呻き、慈雲はありったけの熱い精汁を勢いよく噴出させた。

上総の寺を出てから抜いていないから、数日分の溜まりに溜まった精汁は止めどなくほとばしり、溶けてしまいそうな快感が長く続いた。しかも瞼《まぶた》の裏には、逞しい小澄と色白で豊満な恵心の肢体が艶めかしく浮かんだ。

「ああ……」

ようやく出し切ると、慈雲は小さく声を洩らし、徐々に全身の強《こわ》ばりを解いていった。そして懐紙で濡《ぬ》れた指と一物、飛び散った精汁を拭き、布団の下に隠した。明朝厠《かわや》へ行ったとき捨てれば良いだろう。

仰向けになって力を抜き、ノロノロと下帯を直しながら呼吸を整えた。

そして、本当に江戸へ来て良かったと思ったが、やはり長旅の疲れもあったのだろう。彼は脱力感の中で、たちまち深い眠りに落ちていった。

三

「こんにちは。わあ、新しく来たお坊さんですか」

昼過ぎ、寺に十七ぐらいの娘が来て、慈雲を見て言った。その愛くるしく輝くような可憐《かれん》さを見て、慈雲はまた江戸へ来て良かったと思った。

今朝は七つ（午前四時）には目を覚まし、厠で精汁を拭《ぬぐ》った紙を捨て、井戸端で顔を洗い、恵心と小澄に挨拶した。

小澄は当然のように厨で朝餉の仕度をし、慈雲は自分の衣や下帯の洗濯をした。そして恵心と本堂で読経をしてから、やがて日が昇る頃に三人で朝餉を済ませた。

そして小澄は自分の屋敷へ帰って行き、間もなく近在の子供たちが十数人寺に集まり、恵心と慈雲が読み書きを教えた。みな、慈雲を物珍しげに見ていたが、すぐに打ち解け、真面目に習字をした。

子供らが帰ると慈雲は、恵心と二人で昼餉を済ませ、そこへ間もなく娘が顔を見せたのである。

読書と読経に明け暮れていた上総の寺と違い、ここは子供らをはじめ来訪者が多く賑《にぎ》やかで、あらためて彼は江戸に来たのだと自覚した。

「上総から来ました、慈雲と申します」

「私は香代《かよ》です」

美少女は言い、恵心にも挨拶して、持ってきた芋を厨へと運んだ。彼女も小澄と同じく、何かと寺へ来ては独《ひと》りの恵心を助けてやっているらしい。あとで聞くと香代も以前、この寺子屋に通っていたようだ。

「だいぶ髪が伸びていますね。お剃《そ》りしましょうか」

と、帰りかけた香代が、慈雲の頭を見て言った。

「剃って頂きなさい。私も頼んでいるのですが、香代さんは上手ですよ」

恵心も言うので、慈雲は頼むことにした。

香代は甲斐甲斐《かいがい》しく盥に水を張って剃刀《かみそり》を用意し、慈雲も縁側に腰を下ろし肩に手拭いを掛けた。

やがて襷《たすき》掛けをした香代が、彼の背後に座った。

「痛かったら言って下さいね」

香代が明るく肩越しに話しかけ、ふんわりと生ぬるい匂いが漂った。

甘ったるい汗の匂いに混じり、果実のように甘酸っぱい匂いの息がうなじを撫《な》でたのだ。

たちまち慈雲は股間が熱くなってしまった。ゆっくり食事と睡眠を取り、完全に本来の、若く淫気旺盛な肉体に戻ったのだ。

彼が頷《うなず》くと、香代は濡らした手拭いで彼の頭を拭き、長旅でだいぶ伸びた髪を注意深く、しかし手際よく剃りはじめてくれた。

女に触れられたのは、これが生まれて初めてだった。

いや、昨日小澄に抱き上げられたが、そのときは朦朧としていたので意識しなかったのだ。

香代は少し剃るたびに剃刀を盥で洗い、また指を当ててゾリゾリと剃っていった。

「痛くないですか」

「ええ、大丈夫です」

香代が何か言うたび、甘酸っぱい息の匂いが鼻腔《びこう》をくすぐり、ときに背中に彼女の胸の膨らみも触れるため、いつしか慈雲はすっかり勃起していた。

しかも彼女は、ときにフッと彼の耳の裏やうなじに息を吐きかけるのだ。

髪を払うためだが、そのたびに彼がビクリと反応するので、とうとう香代がクスクス笑い出した。

「ふふ、くすぐったいですか。恵心様は、まるで仏像のように動かないのに」

「す、済みません。もう動きませんので」

慈雲は律儀《りちぎ》に答え、美少女の匂いと髪を剃られる感触に包まれた。

恵心は菩薩《ぼさつ》のようで、小澄は美しい仁王のようだ。そして香代は、童女の姿をした摩利支天《まりしてん》を連想させた。

やがて耳の裏側やうなじまで全て剃り終え、香代は剃り残しがないか指を這わせてから手拭いで拭いてくれた。

「済みました。さっぱりしたでしょう」

「ええ、どうも有難う」

慈雲は答え、名残惜《なごりお》しげに彼女の匂いを嗅いだ。香代はすぐに盥を持って裏へ行ってしまい、やがて挨拶して帰っていった。

彼は外に出て、夕刻まで境内を掃き清め、周囲の風景を見回した。一番近い武家屋敷が、小澄の家かも知れない。

木々に囲まれた山寺と違い、平地なので一望でき、遠くに点在する農家を見ては、どこが香代の家だろうかと思った。

そして夕刻には恵心とともに読経をし、夕餉を済ませた。

行燈《あんどん》の油も節約するため、日が落ちると戸締まりをし、二人とも早めに床に就《つ》くこととなった。

昨夜は、数日ぶりに手すさびしてしまったが、もちろん今日も言いようのない淫気に一物が屹立《きつりつ》していた。

何しろ、昨夜は恵心と小澄による、女同士の強烈な行為を覗き見てしまったし、今日は美少女の匂いに触れたのだ。

快楽は悪いことではないと説く恵心なら、この苦しい淫気を打ち明ければ、小澄のように愛撫してくれるのではないだろうか。

言えば、慈愛の笑みを浮かべて何でもしてくれるような気がする。しかし、仏門に入ったものには厳しいかも知れず、淫らな願いを口にした途端、寺を追い出されるのではないかという不安も湧《わ》いた。

追い出されるくらいなら、こうして恵心や他の女を思い、こっそり手すさびするだけでも、老師と暮らした山寺に比べれば極楽である。

だから今宵も一人、隣室で寝ている恵心を思いながら手すさびしようと思った。

しかし、そのとき襖が開き、寝巻姿の恵心が入ってきたのである。

「あ、これは……」

幸い、まだ一物を露出させる前だったので、慈雲は慌てて身を起こした。

「よろしいですか。少しお話が」

恵心が言い、彼の前に端座した。

「はい、何でございましょう」

「昨夜、私と小澄さんの行ないを見て、どう感じましたか」

「え……！」

言われて、慈雲は硬直して返答に窮した。

どうやら恵心は、彼が覗いていたことに気づいていたようだ。小澄は武芸者なのに自身の快楽に夢中で気づかなかったようだが、終始冷静だった恵心は慈雲の行動などお見通しだったのだろう。

「そ、その、女の方の裸を見たのは、生まれて初めてだったので……、何とも興奮してしまいました……」

　慈雲はうなだれ、モジモジと答えた。

「それで、自分で済ませてしまったのですね」

「はい……、申し訳ありません……」

　慈雲は、正直に言った。

　しかし、何やら美しい姉に叱られているようで、意気消沈しているのに、一物だけは強ばりを解かなかった。

「それだけはいけません。精汁は生きた子種ですからね、あたら捨てるようなことは人の道に反します。出したいときは、私が戴きます」

「は……」

　慈雲は、何を言われているのか理解できなかった。

「私は旗本の娘でしたが十八で嫁《か》し、旦那様はたいそう淫気の強い方でした。しかし半年あまりで病死。以後私は仏門に帰依《きえ》しましたが、淫気の苦しみは旦那様を見てよく知っております」

　彼女が言う。してみると、病の床につき、恵心を抱きたくても抱けない夫を見てきたようだ。

「ですから、亡くなった旦那様の分まで、苦しんでいる人の淫気を和《やわ》らげたいと思っております」

それで、悶々《もんもん》としている小澄にも、願いを叶えてやっていたのだろう。

「今宵も自分で出すおつもりだったのなら、私に飲ませて下さいませ」

「え……？」

言われて、慈雲は度肝を抜かれた。飲むなどという行為は、春本には書かれていたが、それこそ絵空事。実現できるとしたら、馴染《なじ》みの遊女に大枚をはたける大店《おおだな》の旦那ぐらいのものと思っていたのだ。

「さあ、すでに立っているのでしょう。全て脱いで、そこへ横に」

「し、しかし……」

「一人で脱ぐのが恥ずかしければ、私も脱ぎましょう」

恵心は言って立ち上がり、頭巾を取り去り、帯を解いて寝巻を脱ぎはじめた。

剃髪された頭と、見る見る露《あら》わになってゆく白い肌を見て、慈雲も夢見心地で寝巻を脱ぎ、言われるまま全裸になって布団に仰向けになった。

やがて恵心も、一糸まとわぬ姿になって傍《かたわ》らに座り、勃起した一物を見下ろした。

「まあ、何と立派な……」

彼女は言い、顔を寄せてきた。慈雲は、美しき全裸の尼僧の、熱い視線と息を股間に感じただけで、危うく果てそうになってしまった。

「まだ、出してはいけませんよ。私が含むまで」

恵心が言い、指先でツツーッと幹を撫で、ふぐりをいじり、やんわりと幹を包み込んできた。

さらに舌を伸ばし、彼女はふぐりを舐め回し、二つの睾丸を舌で転がしてから、幹の裏側をゆっくり舐め上げてきたのだ。

四

「ああッ……、け、恵心様……!」

慈雲は、滑《なめ》らかな舌の感触に喘ぎ、急激に絶頂を迫らせた。

「まだ漏らしてはいけませんよ。落ち着いて、ゆっくり……」

恵心は股間から囁き、側面から亀頭をしゃぶり、舌先でチロチロと鈴口を舐め回し滲《にじ》む粘液を拭い取ってくれた。

その間も、恵心の細くしなやかな指先が、内腿やふぐりを微妙に撫で回し、慈雲は夢見心地の快感に包まれて悶えた。

先端に蠢《うごめ》いていた舌先が、張りつめた亀頭全体に及び、ようやく彼女は丸く開いた口でスッポリと呑み込んできた。

そのまま喉の奥まで含まれると、彼は温かく濡れた美女の口腔に、全身が包まれたような気になった。

深々と呑み込んだ恵心の熱い鼻息が恥毛に籠もり、清らかな幹をキュッと丸く締め付けてきた。内部ではクチュクチュと舌が蠢き、たちまち肉棒全体は美しき尼僧の唾液に温かく浸った。

「ンン……」

恵心は、先端を喉の奥に当てるたび小さく鼻を鳴らし、さらにチュッと強く吸い付いた。

舌の蠢きと吸引が、あまりに心地よく、慈雲は無意識にズンズンと股間を突き上げはじめてしまった。すると彼女も、それに合わせて顔全体を小刻みに上下させ、濡れた口でスポスポと強烈な摩擦《まさつ》を開始してくれたのである。

もう限界だった。

慈雲はたちまち、手すさびとは比べものにならない大きな絶頂の高まりに呑み込まれてしまった。

「い、いけません、恵心様……、アアーッ……！」

慈雲は突き上がる快感に声を上げ、ありったけの精汁を勢いよくドクンドクンとほとばしらせ、神聖な恵心の喉の奥を直撃してしまった。

「ク……、ンン……」

彼女は熱い噴出を受け止めながら小さく呻き、それでも口を離さず、濃厚な舌の蠢きと吸引を続行してくれた。

慈雲は、尼僧を汚すという申し訳ない快感に身悶えながら、とうとう最後の一滴まで出し尽くしてしまった。いや、汚すと言うより、彼女の意思で吸い出された感が強く、それが僅かな救いであった。

やがて彼が硬直を解いてグッタリと身を投げ出すと、恵心も吸引を止め、亀頭を含んだまま口に溜まったものをゴクリと飲み下してくれた。

（ああ……、本当に飲まれている……）

慈雲は感激に包まれながら思い、嚥下《えんか》されるたび口腔がキュッと締まり、刺激されて駄目押しの快感を得た。

相手は春本に出てくる架空の女でも、大金を積まれた遊女でもない。仏に仕える神聖な尼僧なのだ。まして肉食もしない彼女が、生きた子種を飲んでくれ、何やら慈雲は美女に食べられているような幸福感に包まれた。

やがて恵心は全て飲み干してくれ、ようやくチュパッと口を離し、なおもしごくように幹を握り、鈴口から滲む余りの雫《しずく》まで丁寧に舐め取ってくれた。

「アア……」

慈雲は、射精直後で過敏になった亀頭をヒクヒクと震《ふる》わせて喘いだ。

やがて恵心も舌を引っ込め、小さく息を吐いてから添い寝してきた。

「旦那様のもの以来、十年ぶりに飲みましたが、さすがに濃くて多いですね」

恵心が言い、ヌメヌメと光沢のある唇が何とも艶めかしく、また慈雲はゾクリと股間を疼《うず》かせてしまった。

彼は甘えるように腕枕してもらい、ほんのり甘い匂いのする白い肌に包まれながら余韻に浸った。

いや、余韻どころか、一向に一物は萎《な》えないのだ。

それが肌に触れ、恵心も気づいたようだ。

「まあ、まだ治まらないのですか……」

「あ、あの、どうにも女を知りたい煩悩《ぼんのう》に苦しんでおります。いつも悶々とし、これでは修行に差し障《さわ》りが……」

胸に抱かれながら、彼は訴えかけた。

「よいのです。無理に抑えることはないのですよ。私なら構いません。どのようにもお好きに」

恵心が優しく囁き、慈雲はそのまま目の前にある薄桃色の乳首にチュッと吸い付いてしまった。舌で転がし、顔中を豊かな膨らみに押しつけ、柔らかな感触と肌の匂いに包まれた。

彼女はピクリとも反応せず、優しく彼の頭を撫でてくれた。

慈雲は充分に吸い、そろそろと移動しながらもう片方を含むと、彼女も仰向けになってくれ、彼も自然にのしかかる形になった。

胸を高鳴らせながら、左右の乳首を交互に吸うと、やがて彼は恵心の腋《わき》の下にも顔を埋め込んでいった。

柔らかな腋毛に鼻を擦りつけると、何とも甘ったるい汗の匂いに、胸の奥が溶けてしまいそうだった。慈雲は何度も吸い込み、美女の体臭にすっかり酔いしれてから顔を上げた。

「あの、身体中、触れても構いませんか……」

「ええ、ご存分に」

言うと、恵心は笑みを含んだまま表情一つ変えずに答えた。

慈雲は脇腹を舐め下り、腹の真ん中に移動し、形良い臍《へそ》を舐めた。

滑らかな肌は白粉《おしろい》でもまぶしたように白く、実にきめ細かかった。

張りのある下腹に舌を這わせ、腰からムッチリとした太腿に下りても、恵心は身じろぎもせず、されるままになってくれていた。

丸い膝小僧《ひざこぞう》から脛《すね》を舐めても、実にスベスベで体毛も薄かった。

足首まで下り、慈雲は思い切って足裏にも顔を押し当ててしまった。踵《かかと》から土踏まずを舐め、指の股に鼻を割り込ませると、そこはほんのり汗と脂《あぶら》に湿り、蒸れた芳香が籠もっていた。

慈雲は美女の足の匂いを貪るように嗅ぎ、爪先《つまさき》にもしゃぶり付き、順々に指の股にヌルッと舌を割り込ませて味わった。

それでも、恵心はピクリともせず、息ひとつ乱さずじっとしていた。

慈雲は全ての指の股を舐め、桜色の爪を嚙《か》み、もう片方の足も味と匂いを念入りに堪能し尽くした。

そして脚の内側を舐め上げ、腹這いになって顔を進めていくと、恵心はためらいなく両膝を開いてくれた。彼は激しい興奮に息を弾ませながら、白い内腿を舐め上げ、陰戸に目を凝らした。

とうとう女体の神秘の部分にたどり着いたのだ。

慈雲は、その美しさに思わず手を合わせたくなるほどだった。

色白の肌が下腹から股間に続き、ふっくらした丘には黒々と艶《つや》のある恥毛がこんもりと茂っていた。

割れ目からはみ出した花びらは、実に綺麗な桃色をしていた。

「あ、あの、触れて、中を見ても構いませんか……」

「いちいち断らなくても、好きなようにして構いません」

股間から訊くと、恵心が冷静な声で答えてくれ、彼もそろそろと指を当てて陰唇を左右に広げて見た。

中は、さらに綺麗な色合いをした柔肉だった。

下の方には、細かな襞《ひだ》が花弁状に入り組む膣口があり、その少し上にはポツンとした尿口の小穴が確認できた。もちろん春画で見た陰戸より、ずっと美しく艶めかしかった。

さらに割れ目の上の方、包皮の下からは小指の先ほどの光沢あるオサネが顔を覗かせていた。慈雲は、美女の股間に籠もる熱気と湿り気に、もう我慢できず、吸い寄せられるように顔を埋め込んでしまった。

柔らかな茂みに鼻を擦りつけて嗅ぐと、隅々には甘ったるい汗の匂いが生ぬるく籠もり、下の方へ行くと悩ましい残尿臭も感じられた。嗅ぐたびに鼻腔が刺激され、すっかり回復した一物がヒクヒクと歓喜に震えた。

慈雲は恵心の体臭に包まれながら舌を這わせ、陰唇の表面から徐々に奥へと差し入れていった。

ほのかな湿り気はあるが、特に味は感じられなかった。

舌先で、息づく膣口をクチュクチュと掻き回し、滑らかな柔肉をゆっくりたどってオサネまで舐め上げていっても、恵心の反応はなかった。

オサネが最も感じると春本で読んだが、いくらチロチロと弾くように舐めても、彼女は呼吸ひとつ乱さなかった。

（やはり、施すばかりで自分の快楽は我慢しているのか、それとも全く感じないたちなのだろうか……）

慈雲は思い、舐めながら彼女の顔を見上げても、恵心は目を閉じ、じっとしているだけだった。

「こうしてください……」

さらに彼は言いながら、恵心の腰を浮かせていった。

すると彼女も、素直に両脚を上げて自ら抱え込み、白く丸い尻まで突き出してくれた。慈雲は豊満な双丘に顔を寄せ、谷間にひっそり閉じられた薄桃色の蕾《つぼみ》に鼻を埋め込んだ。

顔中に尻の丸みが当たって心地よく弾み、蕾に籠もる秘めやかな微香が胸に沁み込んできた。彼は舌先でくすぐるように舐め、細かな襞を味わい、充分に濡らしてから中にも潜り込ませた。

内壁は、ヌルッとした滑らかな粘膜で、彼は舌を出し入れさせるように動かし、充分に味わってから、再び陰戸を舐め回した。

五

「あの……、入れても構いませんでしょうか……」

恵心の前も後ろも存分に舐めてから、慈雲は顔を上げて言った。

「構いません。そうしたくなるのが、人として当たり前のことですから」

彼女は答え、慈雲も目眩《めまい》を起こしそうな興奮に見舞われながら身を起こし、股間を進めていった。

彼は急角度に屹立した肉棒に指を添え、押さえつけるように下向きにさせ、唾液に濡れた陰戸に押し当てていった。

位置を探りながら押しつけていくと、いきなりヌルリと落とし穴にでも嵌《は》まるように亀頭が潜り込んだ。

あとは、ヌルヌルッと滑らかに根元まで吸い込まれてゆき、慈雲は肉襞の摩擦と温もりの心地よさに陶然《とうぜん》となった。

ぎこちなく両脚を伸ばし、そろそろと身を重ねていくと、胸の下で豊かな乳房が押しつぶれ、柔らかく弾んだ。彼は感触を味わい、息づくような収縮にうっとりと身を委《ゆだ》ねた。

とうとう仏門に仕える身で、女体と一つになってしまったのだ。その感激と快感、禁断の思いは妖しく彼の全身を魅了していった。

しかし、ここでも恵心は睫毛《まつげ》を伏せ、呼吸を乱さずじっとしていた。

「恵心様は、心地よくないのですか……」

「私のことは良いのですよ。さあ、存分に動いて、私の中に放ちなさい」

恐る恐る訊くと、恵心はさっきと変わらず冷静な口調で答えた。

しかし、動く前に慈雲は身を起こし、そっと一物を引き抜いた。

「どうしたのです？」

「あの、恵心様が上になって下さいませ。どうにも要領が分かりませぬし、お美しい恵心様を組み敷く気になれません」

「私が上に……？」

「はい」

慈雲は言い、仰向けになっていった。

すると彼女も入れ替わりに身を起こし、そろそろと慈雲の股間に跨《また》がってきた。

細い指をそっと幹に添え、先端を陰戸にあてがい、ゆっくりと腰を沈み込ませてくれた。

再び一物は、ヌルヌルッと滑らかに柔肉の奥へ呑み込まれてゆき、恵心は完全に股間を密着させて座り込んだ。

「ああッ……！」

と、初めて彼女が喘ぎ、顔をのけぞらせた。

（え……？　ひょっとして、上が好き……？）

慈雲は驚き、股間に恵心の重みと温もりを感じながら彼女を観察した。

恵心は目を閉じ、両手を彼の胸に突っ張って上体を反らせ気味にしていた。

そしてキュッキュッと味わうように膣内を締め付け、次第にグリグリと擦りつけるように股間を動かしてきたではないか。

あるいは病床に伏せった亭主に求められ、茶臼《ちやうす》（女上位）でばかり応じていたのではないかと慈雲は思った。

いつの間にか恵心は熱く息を弾ませ、大量の淫水をヌラヌラと溢《あふ》れさせ、彼のふぐりから内腿まで濡らしはじめていた。

慈雲が、息づく豊乳に手を這わせると、

「アア……」

彼女は声を洩らし、上体を起こしていられなくなって身を重ねてきた。

慈雲が両手で抱き留めると、恵心も彼の肩に腕を回し、シッカリと抱きすくめてくれた。

「突いて……、強く、奥まで……」

恵心が潤《うる》んだ目で熱く囁き、自分から腰を遣《つか》いはじめた。

慈雲も両膝を僅かに立て、ズンズンと股間を突き上げていった。すぐにも互いの動きが一致し、溢れる潤《うるお》いでヌラヌラと律動が滑らかになった。

彼は動きながら、下から恵心のかぐわしい唇に迫っていった。

形良い口が開かれ、白く滑らかな歯並びが覗き、その間からは熱く湿り気ある息が洩れていた。鼻を押し当てて嗅ぐと、それは花粉のように甘い芳香が含まれ、悩ましく鼻腔を掻き回してきた。

「ああ……、何て良い匂い……」

慈雲はうっとりと酔いしれながら恵心の熱い息で胸を満たし、やがて唇を重ねていった。

柔らかな感触と、ほんのりした唾液の湿り気が伝わり、慈雲はそろそろと舌を差し入れていった。綺麗な歯並びを舐めると、すぐ彼女の歯も開かれ、ネットリと舌が触れ合ってきた。

「ンンッ……」

恵心は彼の舌に吸い付き、熱く鼻を鳴らしながら腰の動きを速めていった。

慈雲は、美女の生温かく清らかな唾液を味わい、執拗《しつよう》に舌をからめながら高まっていった。

さらに彼女の口に鼻を押しつけ、甘い息を嗅ぎながら唾液のヌメリを求めた。

「な、舐めて下さいませ……」

囁くと、恵心も息を弾ませながらヌラヌラと彼の鼻を舐めてくれた。

「ああ……、い、いきそう……」

慈雲は甘い匂いと唾液のヌメリに包まれながら喘ぎ、さらに顔中を押しつけた。

恵心も舌を這わせ、彼の鼻の穴から鼻筋、頰から耳、瞼まで舐め回してくれ、彼の顔中を生温かく清らかな唾液でヌルヌルにまみれさせてくれた。

「い、いく……、ああーッ……！」

とうとう慈雲は絶頂に貫かれ、声を上げながらドクドクと勢いよく熱い精汁を内部にほとばしらせてしまった。

「ヒッ……、き、気持ちいい……！」

奥深い部分に噴出を受け止めた途端、恵心が顔を上げ、淫らに唾液の糸を引きながら息を呑んで口走った。同時に膣内の収縮が高まり、ガクンガクンと狂おしい痙攣《けいれん》を開始した。

「も、もっと出して……、アアーッ……！」

恵心は声を上ずらせ、別人のように乱れに乱れ、若い肉棒を締め付け続けた。

淫水は、まるで粗相したかのように大量に溢れ、互いの股間をビショビショにさせ布団にまで沁み込んでいった。

どうやら、恵心も本格的に気を遣ってしまったようだ。

慈雲は、女の絶頂の凄まじさに目を見張りながらも、心置きなく柔肉の中に最後の一滴まで出し尽くした。

そして、すっかり満足しながら徐々に動きを弱めてゆき、やがてグッタリと身を投げ出していった。

「ああ……、溶けてしまいそう……」

恵心も満足げに息を弾ませて言い、ゆっくりと全身の硬直を解きながら、彼に遠慮なく体重を預けてもたれかかってきた。

まだ膣内は貪欲に収縮を繰り返し、刺激されるたび射精直後の亀頭が反応し、ピクンと内部で跳ね上がった。

「あう……、感じすぎます、もう堪忍《かんにん》……」

恵心が呻き、押さえつけるようにキュッときつく締め上げてきた。

慈雲は、美しき尼僧のかぐわしい息を間近に嗅ぎながら、うっとりと快感の余韻を味わった。

「アア……、とうとう、またいってしまった……」

恵心が、荒い呼吸を繰り返しながら嗚咽《おえつ》混じりに呟《つぶや》いた。

「大丈夫ですか……？　私は、とてもいけないことをしたのでは……」

「良いのです……。実は、慈雲どのを初めて見たときから、こうなる気がしていました……」

慈雲が言うと、恵心も近々と彼の目を覗き込みながら熱く答えた。

「上になると、どうにも昔の快楽が呼び起こされ、我を忘れてしまいます……」

彼女が言う。

舐められたり、いじられる分なら快楽に堪《た》え、何とか冷静さを保つことが出来るのだろう。しかし挿入で、しかも茶臼になると、すぐにも気を遣ってしまいそうな感覚になってしまうようだ。

やがて呼吸を整えると、恵心は身を起こしてそろそろと股間を引き離した。

そして懐紙を手にし、丁寧に一物を包み込んで拭ってくれ、自分の陰戸は手早く処理をした。

すると、そこで力尽きたように再び添い寝してきた。

「良すぎて、力が入りません。今宵は、このまま一緒に寝ましょう……」

恵心は言い、全裸のまま抱き合い、掻巻を掛けた。

「また、して頂けるでしょうか……」

「ええ、のめり込むのが恐ろしいけれど、教えてしまった責任がありますので……」

慈雲が囁くと、恵心も小さく答えた。

彼は熟《う》れ肌に密着し、また腕枕してもらった。もう二度射精したので、今宵はこれで眠るべきだろう。

慈雲は恵心の温もりと匂いに包まれながら目を閉じ、女を知った悦びを嚙み締めながら、やがて眠りに落ちていったのだった。

第二章　女武芸者の不埒《ふらち》な欲望

一

「慈雲、少々頼みたいことがある」

小澄が境内《けいだい》に入ってきて、庭の掃除をしている慈雲に言った。彼女は最初から、行き倒れたように頼りない慈雲を軽く扱い、呼び捨てにしていた。

今日も午前中は、恵心と一緒に子供たちに読み書きを教え、昼餉《ひるげ》を済ませると恵心は檀家《だんか》回りに行ってしまった。帰宅は夕刻になるという。

「はい、何でしょう」

「とにかく中へ」

小澄は言い、自分の家のように庫裡《くり》へと入っていった。恵心が不在なのは承知しているようだ。

慈雲も井戸端で手を洗い、拭きながら急いで中に入った。

「床を敷いてくれ」

「はい、お加減でも？」

言われて、慈雲は自分の布団《ふとん》を敷き延べた。

「全部脱いで、そこに寝ろ」

「は……、なぜ……」

「男の身体というものを見てみたい。坊主なら悩みを聞くのが勤めだろう」

「お悩みになるほど、男を見たいのですか」

「そうだ」

小澄は男言葉で、しかし頰《ほお》はほんのり薄桃色に染めて言った。

「承知致しました。しかし、どうか恵心様にはご内密に」

「むろん、それはこちらからも頼む」

小澄が言うので、慈雲も意を決して衣を脱ぎはじめた。どうやら小澄は、恵心との女同士の行為に飽き足らず、かねてからの念願だった好奇心を慈雲に向けてきたようだった。

彼も淫気を高め、いやが上にも勃起しながら下帯まで取り去り、恐る恐る布団に仰向けになっていった。

小澄も、大小を部屋の隅に置いてにじり寄り、全裸になった彼の股間に熱い視線を注いできた。

「なぜ、このように立っている」

彼女が、好奇心いっぱいに目を輝かせながら言った。

「そ、それは、生まれて初めて美しい女の方に見られ、恥ずかしくて気が高まってしまったからです……」

「なるほど、当然無垢《むく》なのだな。確かに、恥ずかしさが高じて感じてしまうことはある……」

小澄は言いながら、とうとう指を伸ばしてきた。武芸に明け暮れているなら無骨な指かと思ったが、意外にも繊細そうにしなやかだった。

幹をやんわり握り、親指の腹で張りつめた亀頭をいじってきた。

「心地よいか?」

「は、はい……」

「精汁を放つところを見たい。吸えば出るか?」

小澄が強烈なことを言い、屈み込んで息がかかるほど顔を寄せてきた。

「それにしても、おかしな形……、これはお手玉のようだ……」

彼女は幹をいじり回し、ふぐりにも指を這《は》わせてきた。

「確かに、金的には二つ玉がある」

小澄は観察しながら言い、再び幹に指を戻し、とうとう先端に唇《くちびる》を触れさせてきたのだ。

まさか自分の人生で、二日続けて、尼僧《にそう》と武家娘にしゃぶってもらえるなどとは夢にも思わなかったものだ。

小澄はヌラヌラと鈴口に舌を這わせ、張りつめた亀頭をパクッと含んできた。そして上気した頬をすぼめて吸い付き、熱い息で恥毛をそよがせた。

「アアッ……！」

「出そうか。口に出したら許さぬぞ」

「はい……、出そうです……」

慈雲が答えると、小澄は顔を上げた。そして、唾液に濡《ぬ》れた一物を、なおも指で愛《あい》撫《ぶ》し続けた。

「出るときに言え。どのようにしたら心地よい」

「こ、小澄様の、唾《つば》を飲ませて下さいませ……」

彼は、興奮を高めながら言った。

「なに、良いだろう」

彼女も興味を覚えたように答え、彼の顔に屈み込みながら一物をしごき、自然に添い寝する形になった。

「この方がいじりやすい」

結局小澄は彼の右側に添い寝し、左手で腕枕しながら顔を寄せ、なおも一物を愛撫してくれた。

慈雲は高まりながら、近々と迫る女武芸者の、凛《りん》として整った顔立ちを見上げた。

その形良い唇がすぼまり、白っぽく小泡の多い唾液が糸を引いてトロトロと滴《したた》ってきた。

舌に受けると、生温かくネットリとした感触が伝わり、慈雲は心地よく喉を潤《うるお》して酔いしれた。しかも小澄の口からは、熱く湿り気ある息が洩《も》れ、果実のように甘酸っぱい芳香が鼻腔《びこう》を刺激してきた。

香代の匂いに似ているが、彼女はまだ青く、小澄は熟《う》れた果実の匂いだった。

「美味《おい》しいのか」

「ええ……、とても……、それに、息がとてもかぐわしくて……」

慈雲は、小澄の唾液と吐息にうっとりしながら答え、絶頂を迫らせた。

上総の老師からは、人にとって最も大切なものは、空気と水、すなわち風水だと教わった。しかし慈雲にとって風水とは、美しい女の吐息と唾液ではないかと自覚したものだった。

小澄も、一物を弄《もてあそ》びながら何度となく唾液の固まりを吐き出し、彼の鼻に触れるほど大きく開いた口を近づけ、熱い息を吐きかけてくれた。

慈雲は甘酸っぱい匂いに酔いしれ、生温かな唾液で喉を潤しながら、とうとう彼女の手のひらの中で昇り詰めてしまった。

「い、いく……、アアッ……！」

喘《あえ》ぎながら、身を震《ふる》わせて精汁をほとばしらせると、小澄も興味深げに噴出の様子を見つめ、一物をしごき続けた。

「すごい勢いで飛ぶのだな……」

彼女は感心したように言い、射精の勢いが弱まると、腕枕を解いて再び顔を寄せていった。そして何と、まだ噴出を続けている亀頭を含み、余りの精汁をチュッと吸い出してくれたのだ。

「あうう……！」

慈雲は駄目押しの快感に呻《うめ》き、全て出し尽くしてしまった。

小澄も、何度か吸いながら鈴口をヌラヌラ舐《な》めていたが、もう出ないと知るとようやくスポンと口を離してくれた。

「生臭い……、だが子種を飲んで強くなるような気がする……」

彼女は舌なめずりして言い、強《こわ》ばりを弱めた肉棒を見下ろした。

「また立つには、どうすれば良い」

「ほ、陰戸《ほと》を見たり舐めたりすれば……」

「なに、そうか。確かに、無垢ならば見たいのも無理なかろうな」

射精を見届けるだけでは気が済まず、小澄は立ち上がって袴《はかま》を脱ぎはじめた。

どうやら、最後まで男を知ってみたいようである。

たちまち彼女は袴を下ろし、着物と襦袢《じゅばん》まで脱ぎ去った。そして男のような下帯も解き、彼と同じ一糸まとわぬ姿になってしまった。

「あ、足を舐めてみたいです……」

「なぜ、犬のような真似を」

「女の方に触れるのは初めてなので、隅々まで知ってみたいのです……」

慈雲が無垢な振りをして言うと、小澄も頷《うなず》いた。

「良いだろう。こうか」

小澄は言い、片方の足を浮かせて壁に手を突き、そっと足裏を慈雲の顔に乗せてくれた。

豪快そうに振る舞っているが、実際その仕草は気遣《きづか》いに溢《あふ》れたものだった。

慈雲は、恵心よりずっと大きく逞《たくま》しく、肉厚な小澄の足裏に舌を這わせ、しっかりした頑丈そうな指の股に鼻を割り込ませて嗅《か》いだ。

そこは汗と脂《あぶら》にジットリ湿り、当然ながら昨夜の恵心よりずっと濃厚に蒸れた匂いを籠《こ》もらせていた。

彼はジックリ美女の足の匂いを嗅ぎ、やがて爪先《つまさき》にしゃぶり付いて、順々にヌルッと指の間に舌を割り込ませると、

「アア……、くすぐったくて、変な気持ち……」

小澄は喘ぎながら、彼の口の中で唾液にまみれた指先を縮めた。茶臼《ちゃうす》（女上位）で交わったときのみ反応した恵心と違い、最初から声を上げてくれる小澄の反応が、慈雲には嬉《うれ》しかった。

味わい尽くすと足を交代してもらい、また彼は新鮮な味と匂いを貪《むさぼ》った。

そして両足とも賞味すると、慈雲は彼女の足首を摑《つか》んで顔を跨《また》がせ、しゃがみ込んでもらった。

「ああ……、男の顔にしゃがみ込むなんて……」

小澄は喘ぎながら、厠《かわや》に入ったときのように完全に腰を落としてきた。

逞しい脹《ふく》ら脛《はぎ》と内腿《もも》がムッチリと量感を増して張り詰め、陰戸が一気に慈雲の鼻先に迫った。

生ぬるい熱気と湿り気が顔を包み、はみ出した陰唇がネットリ潤っているのがすぐにも見て取れ、慈雲は興奮に包まれながら目を凝《こ》らした。

二

「ああ……、恥ずかしくて、いい気持ち……」

小澄は声を震わせて言った。恵心にも舐めてもらってはいるが、さすがに顔に跨がったことはないだろう。

恥毛は、情熱的に密集しているかと思ったが、案外楚々《そそ》として淡い茂みだった。割れ目からはみ出す花弁は、大量の淫水にまみれているものの、初々しい薄桃色をしていた。

いかに恵心の舌や指を体験していようとも、まだ男相手には無垢なのだ。

その花びらは小振りで艶《つや》があり、僅《わず》かに開いて覗《のぞ》く柔肉も実に清らかだった。

「いいわ、見て……」

小澄は、興奮の高まりとともに女言葉になり、自ら指を当ててグイッと陰唇を開いて見せてくれた。

無垢な膣口は、細かな襞《ひだ》を入り組ませて息づき、ポツンとした尿口もはっきり見えた。そして包皮を押し上げるようにツンと勃起したオサネは、恵心よりずっと大きかった。

「どう、陰戸を初めて見て」

「と、とっても綺麗で、美味しそうです……」

「そう、ならば舐めて……」

真下から慈雲が答えると、小澄は自ら彼の顔に股間をギュッと押しつけてきた。

慈雲も柔らかな茂みの丘を鼻に押しつけられ、濃厚な汗とゆばりの匂いに噎《む》せ返った。あるいは、今日の午前中も剣術の稽古をしてきたのかも知れない。

彼は恵心よりずっと濃い体臭で鼻腔を刺激されながら、陰戸の内部に舌を這わせていった。

トロリと溢れる淫水は、淡い酸味が感じられた。

息づく膣口をクチュクチュ舐め回し、突き立ったオサネまで舐め上げていくと、

「アアッ……、いい気持ち……」

初めて男に舐められた小澄は、ビクッと身を強ばらせて喘いだ。

慈雲も執拗《しつよう》にオサネを舐め、上唇で包皮を剝《む》いてチュッと吸い付いた。

オサネを刺激すると、蜜汁の量が格段に増し、舌の動きを滑《なめ》らかにさせた。

さらに彼は尻の真下に潜《もぐ》り込み、顔中に双丘を密着させながら、谷間の蕾《つぼみ》にも鼻を埋め込んで嗅いだ。

やはり汗の匂いに混じり、秘めやかな微香が馥郁《ふくいく》と籠もっていた。

彼はチロチロと舌先で舐め回し、細かに震える襞を濡らしてから、ヌルッと潜り込ませた。

「あう……、そのようなところまで……」

小澄は驚いたように息を詰め、キュッと肛門で舌先を締め付けてきたけれど、拒《こば》みはしなかった。

慈雲は滑らかな粘膜を味わい、舌を出し入れさせるように蠢《うごめ》かした。

すると、陰戸から溢れる淫水がヌラヌラと彼の鼻先を濡らしてきた。恵心にも、ここは舐めてもらっていなかったのだろう。

「アア……、変な気持ち……、でも、もう一度前を……」

小澄は息を弾《はず》ませて言い、自分から股間をずらし、再び彼の口に陰戸を押しつけてきた。

慈雲も、新たに溢れた淫水をすすり、柔肉を舐め回しオサネに吸い付いていった。

「ああッ……、いい、いきそう……、でも、入れてみたい……」

小澄は絶頂を迫らせながら喘ぎ、やがて好奇心が勝ったように、自ら必死に股間を引き離していった。

そして仰向けの彼の上を移動し、すっかり肉棒が回復しているのを満足げに確認すると、いきなり先端にしゃぶり付いてヌメリを与えた。

「く……」

慈雲は快感に呻き、暴発を警戒した。まあ、さっき出したばかりだから、少しぐらいは保てるだろう。

小澄も唾液を補充しただけで、すぐに身を起こした。

「慈雲、入れて……」

「わ、私が上になると女犯《にょぼん》になってしまいますので、どうか、小澄様が上から」

言われ、慈雲は答えた。やはり下の方が気が楽なのだ。

すると小澄も、ためらいなく彼の股間にヒラリと跨がってきた。

幹に指を添え、先端を膣口に押し当てながら、息を詰めてゆっくり腰を沈み込ませてきた。

張りつめた亀頭が潜り込むと、あとは自分の重みとヌメリに任せ、ヌルヌルッと一気に座り込んで股間を密着させた。

「アアーッ……！」

小澄が顔をのけぞらせて喘ぎ、熱く濡れた膣内をキュッと締め付けてきた。

慈雲も、肉襞の摩擦《まさつ》と熱いほどの温もりに包まれながら奥歯を嚙《か》み締め、生娘《きむすめ》と一つになった感激を味わった。

彼女は完全にぺたりと座り込み、真下から短い杭《くい》にでも貫《つらぬ》かれたように上体を硬直させていた。

それでも小澄は、破瓜《はか》の激痛に堪《た》えるほど顔をしかめてはいない。やはり日頃から過酷な稽古をしているから、痛みには強く、それより好奇心と達成感の方がずっと大きいようだった。

やがて小澄がゆっくりと上体を倒し、身を重ねてきた。

慈雲も受け止めながら、潜り込むようにして、桜色の乳首にチュッと吸い付いた。

小澄は、恵心ほどの膨らみはないが、硬いほどの弾力を秘めて、乳首の感度も実に良かった。

「ああ……、いい気持ち、もっと吸って……」

彼女が言い、慈雲の顔中に膨《ふく》らみを押しつけてきた。

慈雲は甘ったるく濃厚な汗の匂いに包まれながら、左右の乳首を交互に吸い、充分に舌で転がした。

「噛んで……」

小澄が言うので、彼もコリコリと小刻みに歯を立ててやった。すると一物をくわえ込んだ膣内が、連動するようにモグモグと収縮した。

溢れた淫水は彼の尻の方にまで滴り、もう我慢できずズンズンと股間を突き上げてしまった。

「ああッ……、もっと強く……」

「大丈夫ですか……」

「痛いけれど、気持ちいいわ……」

気遣うと、小澄は健気《けなげ》に答え、自分からも腰を遣《つか》いはじめた。

稽古で苦痛には強く、噛まれたり、痛いことをされるのも好きなようだ。

慈雲は次第に激しく股間を突き上げながら、彼女の腋《わき》の下にも鼻を埋め込み、汗に湿った腋毛に鼻を擦《こす》りつけ、甘ったるい濃厚な体臭で胸を満たした。

すると小澄が、上からいきなりピッタリと唇を重ねてきたのだ。

慈雲も両手を回してしがみつき、僅かに両膝《ひざ》を立てて股間を突き上げながら、凜とした美女の唇を味わった。

「ンン……」

小澄は熱く鼻を鳴らし、甘酸っぱい芳香の息を弾ませながら舌をからめてきた。

慈雲は、チロチロと蠢く美女の舌を味わった。

彼女も、さっきの慈雲の要求から、ことさらに大量の唾液をグジュグジュと口移しに注いでくれた。

彼はうっとりと味わい、生温かく清らかな唾液で喉を潤し、股間の突き上げを速めていった。

「あう……、何だか、奥が熱い……」

小澄が呻き、自身の奥に芽生えた快楽を必死に探るように腰を遣った。

「い、いきそう……」

慈雲も、すっかり高まり、降参するように声を洩らした。

「いいわ、いって……、私の中で……」

小澄が言い、そのまま動き続けると、たちまち慈雲は二度目の大きな絶頂に達してしまった。

「く……!」

突き上がる快感に呻き、彼は熱い大量の精汁をドクンドクンと勢いよく小澄の内部にほとばしらせた。

「アアッ……、熱いわ、いま出ているのね……!」

彼女も噴出を感じ取り、まだ本格的に気を遣《や》るまでには至らないものの、慈雲の絶頂が伝わったように激しく身悶《みもだ》えた。

慈雲は股間を突き上げながら、心置きなく最後の一滴まで出し尽くしてしまった。

そして徐々に動きを弱め、全身の力を抜いていった。

「ああ……、良かった……、これが男……」

小澄も精根尽き果てたように声を洩らし、ゆっくりと全身の強ばりを解いて、グッタリと彼にもたれかかってきた。

慈雲は彼女の重みと温もりを感じ、熱く甘酸っぱい息を嗅ぎながら、うっとりと快感の余韻を嚙み締めたのだった。

やがて小澄が呼吸を整え、そろそろと股間を引き離しゴロリと横になった。

慈雲は入れ替わりに身を起こすと、懐紙で手早く一物を拭《ぬぐ》ってから、彼女の股間に顔を寄せた。

しかし、さすがに頑丈に出来ているようで出血は認められず、彼は膣口から逆流する精汁を優しく拭ってやったのだった。

三

「あ、香代ちゃんのお宅はこちらでしょうか。恵心様に言われて参りました」

慈雲が農家を訪《おとな》うて言うと、一人の三十代半ば過ぎの女が出てきた。一目見て、可憐《かれん》な香代の母親だと分かるほど、顔立ちが整っていた。

「香代の母で、千香《ちか》と申します」

千香が恭《うやうや》しく膝を突いて頭を下げた。

「慈雲と申します。では三回忌の読経を」

彼は言って上がり込み、座敷へ案内された。恵心に言われて来てみたが、こぢんまりした家で、母娘二人が住むにはちょうど良い感じである。

千香の亭主は病死しており、恵心は他家へ回るのが忙しいので慈雲を寄越したのだった。

「恵心様でなくて済みません」

「いいえ、よろしくお願い致します」

千香は辞儀《じぎ》をし、小さな仏壇の蠟燭《ろうそく》に火を入れた。

香代は畑に出ているのだろう。竈《かまど》のある広い土間に、座敷は二間。

慈雲が線香を点《つ》け、読経をはじめると、千香も傍《かたわ》らに座り神妙に聞いていた。

読経は慣れたもので、特に邪念もなく一通り終えることが出来た。千香も、普段の恵心ではなく若い男の声なので、いつになく新鮮だったかもしれない。

やがて終えると蠟燭を消し、千香に一礼した。

「有難《ありがと》うございます。どうぞお茶でも」

千香が言って立ち、厨《くりや》に行った。すでに湯を沸かしてあったようで、すぐ戻り、湯飲みが差し出された。

「頂戴《ちょうだい》します。先日は、香代ちゃんに頭を剃《そ》って頂きました」

「ええ、香代から聞きました。若いお坊さんがいらしたと」

茶をすすって慈雲が言うと、千香も笑みを浮かべて答えた。

「何かお困りのことはございませんか。恵心様から、どのような相談事も受けるよう言われて参りました」

「そうですか。恵心様には、とても申し上げられないのですが……」

「何かございますか」

「ええ……、亭主を亡くしてから、どうにも身体が思わしくなく……」

「ご病気ですか」

「いえ、至って丈夫なのですが、気鬱《きうつ》の一つなのでしょうか、男日照りでモヤモヤとして……、しかし今さら亭主をもらう気はありませんし……、慈雲様は、まだお若いからお分かりにならないかも知れませんが……」

千香の言葉と、熱っぽい眼差《まなざ》し。そしてしきりにモジモジと両膝を掻《か》き合わせる仕草に、慈雲もだんだん淫気を催《もよお》してきてしまった。

「はあ……、女の方の身体に関しては、よく分かりませんが……」

「お坊様ですから、無垢は仕方がないとして、それでも精汁が溜まって悶々《もんもん》となさるようなことはおありでしょう？　女の場合、特に男を知っているのに相手がいないとそれはたいそう苦しいものなのです」

千香は熱く訴えかけ、少しずつ彼ににじり寄ってきた。

確かに、いったん快楽を知りつつ相手に死なれ、数年を経れば淫気も相当に溜まるだろう。

そこへ若い坊主が来て、香の匂いの漂《ただよ》う中で澄んだ声の読経をすれば衝動的な気持ちになってしまうかも知れない。

「そうですか。こちらには、寺もお世話になっているようですし、私に出来ることがあれば何でもしたいと思うのですが」

「本当ですか……。では、後生ですから私に入れて下さいませ……」

彼が言うと、千香は大胆に求めてきた。

「入れるとは……」

「もちろん情交です。私と交わって頂き、気鬱を治して頂きたいのです。香代はまだ一刻（約二時間）ばかり戻りません。どうか、人助けと思って」

千香が懇願するので、慈雲も激しく勃起してきてしまった。

「承知しました。でも、恵心様にはどうかご内密に」

「もちろんでございます。私の方こそ、内緒にして頂きとうございます」

千香は期待に顔を輝かせて言い、すぐにも立って床を敷き延べてしまった。

やはり小澄と同じで、誰もが神々しい恵心には知られたくないようだ。

慈雲も、また無垢のふりをし、女犯の罪を犯そうとしていた。しかし、さしたる罪悪感はなく、飢《う》えた後家を慰《なぐさ》めるためと自分に言い聞かせた。

千香は興奮と緊張に息を震わせ、手早く帯を解きはじめた。

慈雲も、彼女の亡き亭主への読経を終えたばかりなのだが、衣と下帯を脱いで勃起した一物を露《あら》わにしていった。

「まあ、立っている。嬉しい……、どうか拝ませて下さいませ……」

脱いでいる途中の千香が歓声を上げ、襦袢姿のまま彼の前に跪《ひざまず》いてきた。

そして立ったままの彼の股間に手を合わせてから、そのまま両手のひらでそっと幹を包み、先端に舌を這わせてきたのだ。

「ああ……」

慈雲は唐突な快感に喘ぎ、美しい後家の舌のヌメリに幹を震わせた。

千香も興奮に熱い息を弾ませ、鈴口を舌先で舐め回し、張りつめた亀頭をスッポリ呑《の》み込んで吸い付いた。

喉の奥まで呑み込まれ、慈雲は生温かく濡れた美女の口の中で、唾液にまみれた肉棒をヒクヒク上下させ、立っていられないほど膝を震わせた。

やがて充分に味わい、千香がスポンと口を離した。

そして襦袢と腰巻きをもどかしげに脱ぎ去ると、すぐにも布団に仰向けになってい
った。
「では、どうかお入れくださいませ……」
千香が身を投げ出して言い、慈雲も添い寝していった。もちろんすぐ入れて終わる
つもりはない。
「お乳を吸って構いませんか」
「ああ……、もちろんです。どうか、お好きなように……」
言われて、慈雲は千香の胸に迫っていった。乳房は恵心ほど豊かではないが、実に
張りがあって形良かった。肌も、顔や腕は小麦色をしていたが、乳房は透けるように
白かった。
濃く色づいた乳首にチュッと吸い付き、柔らかな膨らみに顔中を押しつけていくと
甘ったるい汗の匂いが馥郁と鼻腔を刺激してきた。
「アアッ……！　じ、慈雲様……」
千香が顔をのけぞらせ、クネクネと熟れ肌を悶えさせながら彼の顔を掻き抱いてき
た。慈雲もチロチロと舌で転がし、やがてもう片方の乳首にも吸い付いて充分に愛撫
した。

左右の乳首を交互に吸い、舐め回してから、慈雲は彼女の腋の下にも顔を埋め込んでいった。

柔らかな腋毛に鼻を擦りつけて嗅ぐと、濃厚に甘ったるい汗の匂いが悩ましく鼻腔を満たし、その刺激が一物に伝わっていった。

そして肌を舐め下り、臍《へそ》にも舌を差し入れて動かし、腰から太腿へと舌でたどっていった。

さすがに農作業で鍛《きた》えた脚は、小澄とはまた違って逞しかった。

体毛が濃く、脛《すね》も心地よい舌触りがあり、実に野趣溢れる魅力があった。

さらに足裏にも顔を押し当て、踵から土踏まずまで舐めると、

「あう！　な、何をなさいます……、お坊様が足を舐めるなど……」

「どうか、じっとしていてください。女の方に触れるのは初めてですので、隅々まで味わってみたいのです」

「そんな……、でも足など……、あう！」

爪先にしゃぶり付くと、千香が驚いたようにビクリと身じろいで呻いた。

指の股はやはり汗と脂に湿り、蒸れた匂いが濃く籠もっていた。慈雲は構わず吸い付き、全ての指の股にヌルッと舌を割り込ませて味わった。

「アア……、そ、そのようなこと、信じられません……」

千香は朦朧《もうろう》となり、熱い息を弾ませてクネクネと腰をよじった。

慈雲は両足とも、味と匂いが薄れるまで存分にしゃぶり尽くした。

そして腹這い、脚の内側を舐め上げながら、陰戸に顔を迫らせていった。

「ふ、不浄なところですから、ご覧になるものじゃありません……」

「不浄なところなど人の身体にありません。人を生み出す聖なる場所ですので、どうか後学のためお見せください」

腰をよじる千香の両膝を開かせ、慈雲は中心部に迫りながら言った。

すでに白くムッチリとした内腿の間からは、悩ましい匂いを含んだ熱気と湿り気が発せられ、慈雲も興奮しながら目を凝らした。

股間の丘にはふんわりと恥毛が茂り、肉づきが良く丸みを帯びた割れ目からは、興奮で淡紅色に染まった陰唇がはみ出し、ヌメヌメとした淫水に潤っていた。

陰唇に指を当てて左右に広げると、

「ああッ……！」

触れられた千香が、身を弓なりに反《そ》らせて喘いだ。

中は綺麗な桃色の柔肉で、かつて香代が生まれ出た膣口が息づいていた。

細かな襞の震える膣口には、白っぽく濁《にご》った粘液もまつわりつき、光沢あるオサネも愛撫を待つようにツンと突き立っていた。

慈雲は、そっと柔肉を撫《な》で、中指を膣口に差し入れてみた。

四

「あう……、き、気持ちいい……」

千香も次第に遠慮が薄れ、快楽を素直に受け止めはじめたように声を洩らした。

慈雲が、中指で穴の中を掻き回すように動かすと、さらに溢れた蜜汁がクチュクチュと音を立てた。

寺に五輪塔《ごりんとう》というものがある。下から順に、地水火風空を表している。

それを五指に譬《たと》えると、中指は火である。慈雲は、火を象徴する中指で女体を責めてみた。

千香はヒクヒクと白い下腹を波打たせ、今にも気を遣りそうに悶えていた。

「じ、慈雲様。わがまま言って済みません、指をもう一本増やして下さいませ……」

と、彼女が言うので、慈雲は人差し指を加えて膣内に差し入れた。

なるほど、人差し指は風だ。それで火を煽《あお》るのである。たまに、薬指で水を差すように肛門に触れると、それも効果的だった。

そして彼は二本の指で膣内の天井を擦り、ときに側面を小刻みに摩擦しながら、舌を伸ばしてオサネを刺激した。

柔らかな茂みの隅々には、生ぬるい汗の匂いと残尿臭が濃厚に籠もり、心地よく鼻腔を刺激してきた。

慈雲は美しい後家の体臭で胸を満たし、指を蠢かせながらチロチロとオサネを舐め回し、淡い酸味のヌメリをすすった。

「アアッ……！　い、いけません、お舐めになるなど……」

千香は驚いたように声を上ずらせたが、彼が執拗に舌を這わせると、

「ああーッ……、いく……！」

たちまち彼女は声を上げ、オサネと膣内への刺激に気を遣ってしまった。

粗相したように大量の淫水を噴出させながらガクガクと狂おしく腰をよじり、指が痺《しび》れるほど締め付けてきた。

慈雲も、彼女がグッタリするまで舌を這わせ、指を動かした。

「も、もう堪忍《かんにん》……」

やがて千香が硬直を解いて力を抜き、四肢を投げ出してしまった。

慈雲も舌を引っ込め、ヌルッと二本の指を引き抜いた。

大量の粘液に指は湯上がりのようにふやけ、指の腹はシワになっていた。そして指の間は膜《まく》が張るように淫水にぬめり、湯気を立ち昇らせるほどだった。

彼が股間から離れると、千香はそれ以上の刺激を避けるため、股間を庇《かば》うようにゴロリと横になった。

そして身を縮めたので、慈雲は彼女の突き出された尻の方から顔を寄せ、白く丸い双丘に顔を押し当てた。

ひんやりした感触と心地よい弾力が感じられ、谷間をムッチリと指で開き、ひっそり閉じられた桃色の蕾に鼻を埋め込んだ。顔中に丸みが密着し、蕾に籠もる秘めやかな微香が馥郁と鼻腔を刺激してきた。

慈雲は美女の恥ずかしい匂いを貪り、舌先でくすぐるように蕾を舐めた。

細かに震える襞を充分に濡らしてからヌルッと潜り込ませると、

「あう……」

快楽の余韻に放心していた千香が、息を吹き返したように呻いた。

慈雲は滑らかな粘膜を味わい、舌を出し入れさせるように動かした。

「アア……、い、いけません、そのようなところを……」

千香がか細く言い、潜り込んだ舌先をキュッと肛門で締め付けてきた。

慈雲は充分に舌を蠢かせてから引き抜き、尻の方から再び陰戸に舌を這わせてヌメリをすすった。

「ど、どうか、お入れ下さいませ……」

千香が言った。やはり指と舌で気を遣るだけでは物足りず、あくまで一つになりたいようだった。

「では、このように……」

慈雲は言い、そのまま彼女を俯《うつぶ》せにさせ、尻を高く持ち上げた。

春本にあった後ろ取り（後背位）を試したくなったのだ。

千香も顔を伏せ、素直に尻を突き出してきた。慈雲は膝を突いて股間を進め、彼女の後ろから先端を陰戸に押し当てていった。

位置を定め、ゆっくり差し入れていくと、大量のヌメリに助けられ、一物はヌルヌルッと滑らかに潜り込んでいった。

「ああッ……！」

根元まで押し込むと、千香が白い背中を反らせて熱く喘いだ。

慈雲は肉襞の摩擦と熱い温もりに包まれながら、深々と挿入して股間を密着させていった。

下腹部に当たって弾む尻の丸みが何とも心地よく、これが後ろ取りの醍醐味なのだと実感した。膣内の感触も、やはり本手《ほんで》（正常位）とは趣《おもむき》が異なり、これも実に心地よかった。

彼は千香の豊満な腰を抱えてズンズンと股間をぶつけるように動かし、さらに背中にのしかかり、両脇から回した手で、たわわに実って揺れる乳房をわし摑みにしながら腰を遣った。

「き、気持ちいい……、奥まで響きます……！」

千香も歓喜に声を上ずらせ、尻を振って若い肉棒を締め付けてきた。再び溢れた新たな淫水が律動をクチュクチュと滑らかにさせ、彼女の白い内腿にまで伝い流れはじめた。

しかし心地よいが、やはり喘ぐ表情が見えず、唾液と吐息がもらえないのが物足りなかった。だから慈雲は途中で動きを止め、そろそろと身を起こしながら、彼女の身体も横向きにさせていった。

彼女の下の脚に跨がり、上の脚に両手でしがみつくと互いの股間が交差した。

松葉崩《くず》しの体勢になると股間の密着感が増し、局部のみならず内腿も擦れ合った。

再び慈雲は腰を突き動かしはじめ、充分に美しい後家の温もりと感触を味わい、じわじわと高まっていった。

さらに動きを止め、挿入したままゆっくりと千香を仰向けにさせてゆき、最終的に彼は本手でのしかかっていった。

「アア……！　夢のようです……」

身を重ねると、千香も下から両手を回してしがみついて喘いだ。そして待ちきれないように、股間を突き上げてきた。

慈雲は胸の下で押しつぶれて弾む乳房の感触を味わい、擦れ合う恥毛とコリコリする恥骨の膨らみを感じながら腰を遣った。

千香の喘ぐ口に鼻を押しつけると、熱く湿り気ある息が、脂粉のように甘く匂い、悩ましく鼻腔を刺激してきた。

そして唇を重ね、柔らかな感触と唾液のヌメリを味わいながら、ヌルリと舌を差し入れていった。

「ンンッ……！」

千香も熱く鼻を鳴らし、彼の舌にチュッと強く吸い付いてきた。

慈雲も執拗に舌をからめ、生温かくトロリとした唾液をすすりながら、いつしか股間をぶつけるように激しく突き動かしていた。

そして彼女の肩に腕を回して押さえつけ、陰戸を突きまくると、じんわりと股間が温かくなるほど彼女が潮を噴いて悶えた。

「い、いく……、アアーッ……!」

唇を離すと、千香が声を上ずらせて口走り、彼を乗せたままガクガクと腰を跳ね上げて気を遣った。

膣内の収縮も最高潮になり、慈雲も間もなく快楽の渦《うず》に巻き込まれていった。

「く……!」

突き上がる快感に短く呻き、同時に熱い大量の精汁をドクンドクンと勢いよく柔肉の奥へとほとばしらせた。

「あう、熱い……、気持ちいいッ……!」

噴出を感じると、千香は駄目押しの快感を得たように呻き、さらにきつく締め付けながら、乱れに乱れた。

慈雲は美女の甘い息を嗅ぎながら律動し、心置きなく最後の一滴まで出し尽くし、すっかり満足しながら徐々に動きを弱めていった。

しかし千香の方は、何度も何度も気を遣る高まりが襲ってきてはビクッと身を震わせ、収縮を繰り返した。まるで歯のない口に含まれ、舌鼓《したつづみ》でも打たれているような快感だ。

それも、ようやく力尽き、出し切った慈雲が完全に動きを止める頃にはグッタリとなり、熟れ肌の強ばりを解いて四肢を投げ出していた。

「ああ……、良かった……。こんなに感じたの、生まれて初めてです……」

千香は息も絶えだえになって言い、名残惜《なごりお》しげにキュッキュッときつく膣内を締め付けた。

その刺激に、射精直後の一物がピクンと跳ね上がった。

そして慈雲は、彼女の喘ぐ口に鼻を押し込み、白粉《おしろい》に似た甘い匂いを嗅ぎながら、うっとりと快感の余韻を噛み締めたのだった。

五

「千香さんに、求められたでしょう」

夜半、慈雲の寝所に恵心が来て囁《ささや》いた。

「して差し上げたのですね。それも功徳《くどく》です。咎《とが》めはしませんので」

「そうですか……、申し訳ありません……」

慈雲は、何もかもお見通しの恵心に言い、もちろん淫気を催して激しく一物を突っ張らせた。

そして恵心も話を止め、互いの肉欲を解消するべく寝巻を脱ぎ去ってしまった。

慈雲も全裸になり、美しき尼僧の柔肌に密着していった。

「恵心様にお願いがあります。私の顔に跨がって下さいませ……」

「まあ、そのようなことをされたいのですか。切に望むのでしたら」

言うと、恵心はためらいなく身を起こし、仰向けの彼の顔に跨がってくれた。

白くムッチリとした内腿が彼の顔の左右に広がり、熱気と湿り気を含んで中心部は鼻先に迫ってきた。

慈雲は豊満な腰を抱き寄せ、柔らかな茂みに鼻を埋め込んで嗅いだ。

しかし、今日の夕刻には風呂を焚《た》いてしまったので、甘ったるい汗の匂いは実に淡く、大部分は湯上がりの香りだけだった。

それでも彼女本来の体臭を貪り、慈雲は舌を這わせていった。

すると、前回と違いすぐにも恵心の陰戸からは、ヌラヌラと淡い酸味の蜜汁が溢れてきたではないか。

どうやら、すでに茶臼による絶頂を得てしまったので、もう他のことも我慢することはないと悟り、慈雲の前では全ての欲求を解放してくれるようだった。

慈雲は、自分が特別扱いされたようで嬉しく、さらに熱を込めて膣口を探り、オサネに吸い付いていった。

「あう……、そこ、もっと……」

恵心が息を詰めて呻き、自分からオサネを彼の口に押しつけてきた。

慈雲も執拗に舐め回しては吸い付き、口にトロトロと注がれてくる生ぬるい淫水で喉を潤した。

さらに白く豊満な尻の下に潜り込み、顔中を双丘に密着させ、谷間の蕾に鼻を埋め込んだ。しかし淡い汗の匂いだけで生々しい刺激臭はなく、少々物足りない思いで舌を這わせ、ヌルッと潜り込ませた。

「く……、そのようなところは舐めなくて良いのですよ……」

恵心が、息を詰めて呻き、モグモグと肛門で彼の舌を締め付けながら言った。

慈雲は滑らかな粘膜を味わってから、再び陰戸に戻っていった。

新たな蜜汁をすすり、突き立ったオサネを充分に愛撫すると、すっかり高まった恵心が股間を引き離してきた。

そして彼女は慈雲の股間に移動し、屹立《きつりつ》した肉棒にしゃぶり付き、スッポリと喉の奥まで呑み込み、クチュクチュと舌をからみつかせた。

「アア……」

今度は慈雲が喘ぐ番だ。彼は温かく濡れた神聖な恵心の口の中で、唾液にまみれた肉棒をヒクヒクと震わせた。

恵心は熱い鼻息を恥毛に籠もらせ、上気した頬をすぼめて吸い、チュパッと引き抜くと、ふぐりにもしゃぶり付いてくれた。

二つの睾丸を舌で転がし、充分に袋全体を生温かな唾液にぬめらせると、さらに彼の脚を浮かせ、自分がされたように肛門にも舌を這わせてくれた。

「あう……、そ、そこは、結構です……」

慈雲も、申し訳ない快感に呻き、ヌルッと潜り込んだ美女の舌先をモグモグと締め付けた。まるで肛門から風が入るような感覚で、屹立した一物は内側から操られるようにヒクヒクと上下した。

ようやく舌を引き抜くと、恵心は彼の脚を下ろし、再び肉棒を含んだ。

そして充分に唾液にぬめらせると、口を離して起き上がってきた。

「いい……？」

恵心は期待に目を輝かせて言い、彼の股間に跨がり、自らの唾液にまみれた先端を陰戸に押し当てていった。そして息を詰め、感触を味わうようにゆっくりと腰を沈み込ませてきた。

たちまち肉棒が、ヌルヌルッと心地よい肉襞の摩擦を受けながら根元まで呑み込まれていった。

「ああッ……、奥まで当たります……」

恵心が完全に座り込み、顔をのけぞらせて喘いだ。

慈雲も、密着する彼女の温もりと重みを感じ、息づくような収縮に高まった。

彼女がグリグリと股間を擦りつけるように動かすと、豊満な乳房が艶《なま》めかしく揺れて、白い腹も妖《あや》しくうねった。

やがて上体を起こしていられなくなったように、恵心が身を重ねてきた。

慈雲は絶頂を堪えながら顔を上げ、豊かに揺れる乳房に顔を埋め込み、ツンと突き立った乳首に吸い付いていった。

すると恵心が押しつけ、彼の顔中を柔らかな膨らみが覆った。

「く……」

慈雲は心地よい窒息感に呻き、懸命に乳首を吸い、舌先で弾いた。

「ああ……、もっと……」

恵心が喘ぎながら熟れ肌をくねらせ、慈雲はもう片方の乳首にも吸い付き、充分に舌で転がした。さらに腋の下にも鼻を押しつけたが、やはり湯上がりの匂いばかりで甘い体臭は僅かだった。

やがて恵心が緩やかに腰を遣いはじめ、下からしがみついた慈雲も徐々に股間を突き上げはじめた。

動きながら白い首筋を舐め上げ、恵心の形良い唇に迫った。間から白く滑らかな歯並びが覗き、今日も花の香りに似たかぐわしい息が洩れていた。

「アア……、何といい匂い……、恵心様のお口に身体ごと入ってゆきたい……」

慈雲は美女の息を間近に嗅ぎながら、うっとりと言い、股間の突き上げを速めていった。

「私も、雨月物語の青頭巾《あおずきん》のように、慈雲どのを食べ尽くしてしまいたい……」

恵心が熱く甘い息を弾ませながら囁き、上からピッタリと唇を重ねてきた。

柔らかな感触を味わっていると、彼女の舌がヌルリと侵入し、慈雲の口の中を隅々まで舐め回してきた。

恵心の舌は生温かな唾液にぬめり、滑らかに動いた。

しかも彼女は下向きのため、口吸いが長引くと、トロトロと清らかな唾液が彼の口に流れ込んできた。小泡の多い粘液はうっすらと甘く、慈雲は喉を潤してうっとりと酔いしれた。

「唾をもっと、顔中にも……」

慈雲が口を離して言うと、恵心が舌を伸ばし、彼の鼻の穴を舐め回してくれた。

さらに頬や耳たぶをそっと嚙み、鼻筋から瞼、額《ひたい》までヌラヌラと舐め回し、生温かく清らかな唾液に顔中まみれさせてくれた。

「もっと嚙んで……」

「いけませんよ、そのようなことを言うと、本当に嚙みきって食べてしまいます」

恵心が甘い息で答えるたび、膣内で一物がヒクヒクと脈打ち、急激に絶頂が迫ってきた。

「い、いきそう……、恵心様……」

「ええ、おゆきなさい。私も、もう……、アアッ……！」

慈雲が降参するように言うと、彼女も声を上ずらせ、腰の動きを激しくさせた。

蜜汁の量が半端でなく大洪水になり、互いの動きが滑らかになった。そして律動に合わせてピチャクチャと卑猥《ひわい》に湿った摩擦音が響き、彼の内腿を伝って布団にまで淫水が沁《し》み込んでいった。

恵心も、次第に貪欲に股間をしゃくり上げるように動かし、柔らかな恥毛を擦り、乳房も遠慮なくグイグイと押しつけてきた。

「いく……、ああッ……!」

とうとう慈雲が声を上げ、大きな快感に貫かれると、ありったけの精汁が勢いよく内部に放たれた。

「す、すごいわ、感じる……、アアーッ……!」

噴出を受け止めた途端、恵心も激しく喘ぎ、ガクンガクンと狂おしい痙攣を開始して気を遣った。膣内の収縮も高まり、まるで若い精汁を絞り尽くして飲み干すように艶めかしく締まった。

慈雲は温かく濡れた柔肉の内部に、心置きなく最後の一滴まで出し尽くし、精根尽き果てて動きを弱めていった。

「ああ……、気持ち良かった……」

恵心も満足げに喘いで言い、徐々に全身の強ばりを解き、グッタリと力を抜いて彼に体重を預けてきた。まだ膣内の収縮はキュッキュッと繰り返され、刺激された亀頭がヒクヒクと震えた。

慈雲は重みと温もりを受け止め、恵心のかぐわしい息を間近に嗅ぎながら快感の余韻に浸り、限りない幸福感に包まれた。

ここ最近の異常な女運の良さは、やはり恵心と最初に交わったことによる御利益《ごりやく》なのだと思った。

「ちゃんと心地よく気を遣りましたか」

恵心が、とろんとした眼差しで優しく囁きかけてきた。

「はい、存分に……、身体中が溶けてしまいそうです……」

「そう、私もです。良かった……」

彼が答えると、恵心は満足げに頷き、やがて呼吸を整えると身を起こしていった。

手早く陰戸を処理すると、懐紙で丁寧に一物を包み込み、屈み込んで先端にしゃぶり付いてきた。

そして精汁と淫水の混じり合ったヌメリを、念入りに舐めて清めてくれた。

「アア……、恵心様……」

彼はしゃぶられ、射精直後で過敏になった亀頭をヒクヒクと震わせながら喘いだ。

やがて恵心は全て清めると、また添い寝して掻巻《かいまき》を掛けた。

「また、朝まで一緒にいて頂けますか」

「ええ、もちろん」

慈雲が言うと恵心は優しく答え、彼に腕枕してくれた。どうせ目覚めた時はいないのだが、慈雲は美女の匂いに包まれ、心地よい疲労感の中で目を閉じた。

第三章　美少女の清らかな蜜汁

一

「あ、お風呂に入っているんですか?」

「いや、お掃除しているだけだよ」

香代がやって来て、風呂場にいる慈雲を見つけ、格子窓から声を掛けてきた。また何か野菜を持ってきてくれたのだろう。

今日も子供たちに読み書きを教え、昼餉《ひるげ》のあと恵心は出かけてしまった。

慈雲は庭と墓地掃除を終え、汗を流すついでに風呂桶の掃除をしていたから下帯一枚であった。

「お手伝いします」

香代は言い、厨《くりや》に野菜を置くと返事も待たず入ってきてしまった。そして下帯姿の慈雲をチラと見て、自分も襷《たすき》を掛け、裾《すそ》を端折《はしょ》った。

「もう済むところだから」

「じゃお水を汲《く》んできますね」

香代は答え、すぐ湯殿を出て行った。その白い脹《ふく》ら脛《はぎ》を見送り、慈雲はまた風呂桶の中を擦《こす》り、一息ついて汗を拭《ぬぐ》った。

すると香代が、井戸から水を汲み、手桶を運んできた。

それを受け取り、風呂桶の中を洗い流すと、あとは簀《す》の子だけだ。

「ね、慈雲様、ご相談したいことがあるんですけど」

一緒に簀の子を擦りながら香代が言った。彼女の方からは、甘ったるい汗の匂いが生ぬるく漂《ただよ》ってきた。

「うん、何だい」

「そろそろ私にいい人を、なんておっかさんが言うのだけれど、子作りとか、何だか最初は痛そうで怖いんです」

香代は言いながらも、好奇心いっぱいに目を輝かせた。恐らく手習いの仲間たちとも、女同士でそうした話題は出るのだろう。

「それは、最初は痛いだろうけど、するごとに心地よくなると聞くよ。好いた相手とするなら、痛みも我慢できるでしょう」

「ええ、でも股を開くなんて恥ずかしいわ……」

「恥ずかしいことなんかないよ。男と女は違うけれど、どちらも人の身体だからね」

「じゃ、どのようになっているのか、慈雲様が見せてくれますか」

香代が、愛くるしい笑窪《えくぼ》と八重歯を見せて言った。

「それは、構わないけれど、誰にも内緒だよ」

「ええ、もちろんです。私だって、誰かに知られたら困りますから」

「実は私も、見たことがないから香代ちゃんの陰戸《ほと》も見せてくれるなら、何でも願いをきいてあげる」

慈雲は興奮に胸を高鳴らせながら、また生娘《きむすめ》相手に無垢《むく》なふりをして言った。

「いいわ、お坊様だから私も平気。じゃ先に見せて下さい」

香代が言うので、慈雲は簀の子を洗い流し、そこへ仰向けになった。香代が傍《かたわ》らの木の椅子に座って見下ろすと、彼は下帯を取り去った。

辛《かろ》うじて、まだ作業を終えたばかりなので萎《な》えたままだ。

「まあ、変な形……」

香代は言い、熱い無垢な視線を注いできた。

「これが、陰戸に入るの？　どうやって？」

彼女も、次第に秘密めくような囁《ささや》き声になっていった。

「いじると硬く立ってくるからね」

「こう……？」

言うと、香代は答えて手を伸ばしてきた。物怖《ものお》じせず亀頭を撫《な》で、やんわりと幹を摑《つか》んできた。

「ああ、気持ちいい……」

慈雲は無垢な指に弄《もてあそ》ばれて喘《あえ》ぎ、すぐにもムクムクと勃起していった。

「本当……、すごいわ……」

硬度と容積を増してゆく肉棒に、香代も驚いたように言い、それでも手を離さず、さらにニギニギと愛撫してくれた。

やがて亀頭が張り詰めて光沢を放ち、完全な大きさになってしまった。

「すごく硬くて大きい……。やっぱり入れたら痛そうだわ……」

「しかし、一物や陰戸を舐《な》め合って濡《ぬ》らせば、滑《なめ》らかに入るのでしょう」

慈雲は、美少女の手のひらに包まれ、幹を震《ふる》わせながら答えた。

「舐めるですって……？　お互いゆばりを出す汚いところを？」

香代は愛撫《あいぶ》の手を止め、驚いたように彼の顔を見下ろして言った。

「人の身体に汚いところなどないよ。ときに香代ちゃんは、濡れることは知っているの？　自分でオサネをいじることは？」

「寝しなに少しあるけど、濡れるかどうか分からないわ。すぐ眠ってしまうし……」

香代も、僧侶が相手だからか、正直に答えた。もともと天真爛漫《てんしんらんまん》で、羞恥心《しゅうちしん》より好奇心の方が旺盛《おうせい》なのかも知れない。何と言っても、淫気を溜めやすい千香の娘なのである。

「舐めたらうんと濡れると思うよ。じゃ、今度は香代ちゃんの身体を見せて」

「え、ええ……、どうしたらいいのかしら……」

香代がモジモジと言うので、慈雲は激しく興奮を高めた。

「じゃ、私の顔に跨《また》がって、厠《かわや》に入ったときのようにしゃがみ込んで」

「ええッ……？」

言うと、香代はビクリと身を震わせて声を上げた。

「そ、そんなことしたら罰が当たるわ……」

「当たりはしないよ。私が望んだことだし、人に汚いところなどないことを見せてあげる。さあ」

慈雲は仰向けのまま、彼女の手を取って引き寄せた。

「そんな……」

香代も、やはり内心は大きな好奇心が湧《わ》き上がっているのだろう。尻込みしながらも、引っ張られるまま身を起こし、恐る恐る彼の顔に跨がってくれた。

裾を端折っているからムッチリとした太腿《ふともも》まで見え、さらに内腿の奥の可愛い陰戸も薄暗い中に見えていた。

さらに手を引くと、香代も観念したようにそろそろとしゃがみ込んできた。

本当は足指を嗅《か》ぎたかったが、すでに簀の子の掃除をして足は濡れていた。

やがて慈雲の鼻先に、美少女の無垢な股間が迫った。

何という清らかな眺めだろう。

ぷっくりした股間の丘には、楚々《そそ》とした若草が恥ずかしげに煙り、丸みを帯びた割れ目からは、ほんの僅《わず》かに薄桃色の花びらがはみ出していた。ムッチリと張りつめた白い内腿の間には、可愛らしい匂いを含む熱気と湿り気が籠もり、彼の顔中を包み込んできた。

「ああ……、恥ずかしいわ……」

香代が股間に慈雲の熱い視線と息を感じて言い、両手で顔を覆《おお》い、座り込まないよう懸命に両足を踏ん張った。

慈雲は、そっと指を当て、陰唇を左右に広げた。

「あん……」

触れられた香代が小さく声を洩《も》らし、ピクンと下腹を波打たせたが、拒《こば》みはしなかった。

陰唇は小振りだが張りがあり、中も綺麗な桃色の柔肉だった。無垢な膣口が細かな襞《ひだ》を入り組ませて息づき、ポツンとした尿口の小穴も見え、包皮の下からは小粒のオサネが顔を覗《のぞ》かせていた。

慈雲は堪《たま》らず、彼女の腰を抱き寄せ、若草の丘に鼻を埋め込んでいった。

柔らかな感触とともに、甘ったるい汗の匂いと、可愛らしい残尿臭が悩ましく鼻腔《びこう》を刺激してきた。

彼は美少女の体臭を何度も嗅ぎながら舌を這《は》わせると、ほのかに汗かゆばりのような味わいが感じられたが、奥へ差し入れてオサネを舐めると、

「アアッ……！」

香代が熱く喘ぎ、次第に溢《あふ》れてくる淡い酸味の蜜汁に、舌の動きがヌラヌラと滑らかになっていった。慈雲も、彼女が激しく濡れてきたことに気を良くし、執拗《しつよう》に舐め回しては匂いに酔いしれた。

やはりオサネが感じるようで、チロチロと小刻みに舐めると、生ぬるいヌメリの量が増していった。

さらに彼は白く丸い尻の真下に潜《もぐ》り込み、顔中に双丘を密着させながら谷間の蕾《つぼみ》に鼻を押しつけた。秘めやかな微香が心地よく胸に沁《し》み込み、悩ましく鼻腔を刺激してきた。

舌先でくすぐるように探ると、細かな襞がヒクヒクと収縮した。やがて充分に濡らしてからヌルッと潜り込ませると、

「あう……！　駄目、汚いですから……」

香代は息を詰めて呻《うめ》き、侵入した舌先をモグモグと肛門で締め付けた。

慈雲は滑らかな粘膜を執拗に味わい、やがて舌を引き抜いて再び陰戸に吸い付いていった。

「あん……、そんなに吸うと、何だか、漏らしてしまいそう……」

「いいよ。構わないから出して……」

香代の言葉に興奮を高め、慈雲はなおもオサネを舐め、柔肉を吸った。

「アア……、駄目、本当に出ちゃう……」

やはり厠と同じ体勢で刺激されると、漏れやすいのかも知れない。

香代が声を上ずらせて言うなり、舐め回す柔肉の温もりと味わいがいきなり変化してきた。

温かな流れが割れ目内部に満ちてポタポタと滴《したた》り、それが徐々にチョロチョロとした緩やかな流れになって彼の口に注がれてきた。

二

「ああ……、いけません、こんなこと……!」

出してしまってから、香代が大変なことをしたように声を震わせた。

しかし慈雲はしっかりと腰を抱え込み、流れを受け止めて喉に流し込んだ。

多少勢いが付いても流れはそれほど強くないので、喉に詰めて噎《む》せ返ることもなく彼はうっとりと飲み込むことが出来た。

夢中なので味も匂いもジックリ堪能できないが、とにかく無垢な美少女から出るものを体内に取り入れるだけで限りない幸福感に満たされた。

「アア……」

香代が声を洩らし、ようやく流れが弱まってきた。

慈雲も淡い味と匂いを、あらためて嚙《か》み締めることが出来、やがて流れが治まると陰戸に口を付けて舌を這わせ、余りの雫《しずく》を丁寧にすすった。

すると、たちまち新たな淫水が溢れ、ゆばりを洗い流すようにヌメリと淡い酸味が柔肉を満たしていった。

「も、もう駄目です。変になりそう……」

やがて香代は力なく言い、そのままガックリと突っ伏してきてしまった。あるいは気を遣《や》ってしまったのかも知れず、しばらくは荒い呼吸を繰り返すばかりで、触れても反応しなくなってしまった。

慈雲は這い出して起き上がり、彼女を横抱きにしながら湯殿を出た。非力でも、愛くるしい美少女を抱え上げるぐらいは出来た。

部屋に行き、彼女を畳に横たえて床を敷き延べ、帯を解いて着物と襦袢《じゅばん》、腰巻きを脱がせてから全裸で布団に寝かせると、香代の濡れた足を拭いてやった。

まだ彼女は正体を失くし、グッタリと身を投げ出していた。

足裏に顔を押しつけて舌を這わせ、指の股に鼻を割り込ませて嗅ぐと、まだほんのりと汗と脂《あぶら》にムレムレになった芳香が籠《こ》もっていた。

爪先《つまさき》にしゃぶり付き、桜色の爪を嚙み、指の股に舌を割り込ませると、

「う……、んん……」

香代が呻き、ピクリと反応した。

慈雲は両足ともしゃぶり尽くし、ニョッキリとした健康的な脚を舐め上げ、再び股間に顔を埋めた。

恥毛に籠もる匂いを貪《むさぼ》り、ヌラヌラと潤《うるお》う柔肉を舐めてから添い寝し、愛らしい薄桃色の乳首に吸い付いていった。舌で転がし、柔らかな膨《ふく》らみに顔を埋め込むと、甘ったるい汗の匂いが悩ましく鼻腔を刺激してきた。

左右の乳首を交互に含んで舐め回し、さらに腋《わき》の下にも顔を埋め込んだ。和毛《にこげ》に鼻を押しつけると、胸の奥が溶けてしまいそうに甘ったるい汗の匂いが籠もり、慈雲は美少女の体臭を貪った。

「あん……、くすぐったいわ……」

香代が正気を取り戻し、クネクネと悶《もだ》えはじめた。

「大丈夫？　オサネを舐められて気持ち良かった？」

「ええ……、でも恥ずかしくて、訳が分からなくなってしまったわ……」

訊くと、香代はようやく呼吸を整えながら、自身の感覚を振り返って答えた。

「今度は、香代ちゃんが私に色々して……」

「どうすればいいの……？」

慈雲が興奮に胸を高鳴らせて囁くと、香代も無邪気に聞き返してきた。

「ここを舐めて……」

言いながら腕枕し、香代の口に乳首を押しつけると、彼女もチュッと吸い付いて舌を這わせてくれた。

「ああ……、気持ちいい……」

慈雲は、美少女の熱い息を肌に受け、舌のヌメリに悶えた。

「嚙んで……」

「大丈夫ですか……、こう……？」

言うと、香代は白く健康的な前歯でキュッと軽く彼の乳首を挟んだ。

「もっと強く……、ああ……、いいよ、とっても……」

慈雲が求めると、香代は力を加えて嚙んでくれ、彼は熱く喘ぎながら甘美な痛みと快感に高まった。

香代も、されるのは恥ずかしいが、自分からする分には抵抗なく、また慈雲が悦《よろこ》ぶのが嬉《うれ》しいらしく、左右の乳首を交互に愛撫してくれた。

慈雲が顔を下方へと押しやると、香代も素直に移動し、彼の腹や内腿にも舌を這わせ、軽く歯を立ててきた。

「ここも可愛がって。でも歯は当てないで……」

やがて慈雲は、屹立《きつりつ》した一物を指して言い、期待に幹を震わせた。

香代も、最も好奇心の湧く部分に顔を寄せ、手のひらで幹を包みニギニギと動かしながら熱い視線を注いできた。

そしてチロリと舌を伸ばし、鈴口から滲《にじ》む粘液を舐め取ってくれた。

「ああ……」

慈雲は快感に喘ぎ、ヒクヒクと一物を上下させた。

香代は、震える幹を押さえつけるように、パクッと亀頭を含み、モグモグと喉の奥まで呑《の》み込んできた。

美少女の口の中は温かく濡れ、熱い鼻息が恥毛をくすぐり、内部ではクチュクチュと探るように舌が蠢《うごめ》いてきた。柔らかな唇は幹の付け根をキュッと丸く締め付け、強く吸い付きながらスポンと口を引き離した。

「これ、巾着《きんちゃく》袋みたい……」

彼女は言い、ふぐりにも舌を這わせ、二つの睾丸を転がした。

熱い息が股間に籠もり、慈雲は絶頂を迫らせて悶えた。

香代は袋を生温かな唾液にまみれさせると、再び肉棒の裏側をペローリと舐め上げて、また喉の奥まで呑み込んできた。

そして充分に唾液に濡らして味わうと、口を離した。

「ね、入れてみてもいいですか……」

香代が目をキラキラさせながら言った。

「後悔さえしなければ、上から入れてみて……」

「私が跨ぐのですか……？」

「上の方が、痛ければすぐ止められるからね」

慈雲が言うと、香代も意を決して身を起こし、彼の股間に跨がってきた。

自分の唾液に濡れた先端に割れ目を押し当て、膣口に位置を定めると、笑窪の浮かぶ頬《ほお》を引き締め、ゆっくりと座り込んできた。

張りつめた亀頭がズブリと潜り込むと、無垢な膣口が丸く押し広がる感触が伝わってきた。

「あう……、入ってくるわ……」

香代が顔をのけぞらせて呻き、あとは自分の重みと潤いで深々と受け入れていった。ヌルヌルッと幹を摩擦《まさつ》する肉襞の感触と、熱いほどの温もりに包まれ、慈雲も暴発を堪《こら》えて奥歯を噛み締めた。

完全にぺたりと座り込んだ香代も、上体を硬直させ、杭《くい》に貫《つらぬ》かれたようにじっと目を閉じていた。動かなくても、息づくような収縮が一物を刺激し、慈雲も内部でヒクヒクと幹を震わせた。

「アア……」

肉棒の蠢きに香代が声を上げ、上体を起こしていられなくなったように身を重ねてきた。慈雲も抱き留め、僅かに両膝を立てて尻や太腿の感触も味わいながら、生娘と一つになった悦びを堪能した。

「痛い?」

「平気です……」

囁くと、香代も健気《けなげ》に答えた。顔を撫《な》でる甘酸っぱい息に興奮し、慈雲は顔を引き寄せ唇《くちびる》を重ねていった。

ぷっくりした唇が密着し、乾いた唾液の香りもほのかに感じられた。

舌を差し入れ、滑らかな歯並びを舐め回し、桃色の引き締まった歯茎《はぐき》まで味わうと香代も歯を開いて受け入れていった。

美少女の口の中は、さらに甘酸っぱい果実臭が濃厚に籠もり、慈雲は舌をからめながら滑らかな感触と生温かな唾液を味わった。

やがて興奮に任せ、ズンズンと股間を突き上げはじめると、

「ンンッ……！」

香代が眉をひそめて呻き、侵入した彼の舌にチュッと強く吸い付いてきた。

慈雲は何とも心地よい摩擦に高まり、きつい締め付けと溢れる蜜汁のヌメリの中で動き続けた。

「もっと唾《つば》を出して……」

口を触れ合わせたまま言うと、香代も全神経が股間に行っているように、何の考えも無しにトロトロと唾液を吐き出してくれた。

彼は、生温かく小泡の多い、ネットリとした適度な粘り気のある美少女の唾液を味わい、うっとりと喉を潤して酔いしれた。

「舐めて……」

言いながら、かぐわしい口に鼻を擦りつけると、香代もヌラヌラと舌を這わせてくれ、たちまち顔中が清らかな唾液にまみれた。そして慈雲は、美少女の甘酸っぱい口の匂いに包まれながら昇り詰めてしまった。

「く……！」

突き上がる大きな快感に呻きながら、彼は熱い大量の精汁を勢いよく柔肉の奥にほとばしらせた。

「アア……」

香代も噴出を感じて喘ぎ、中に満ちる精汁で、さらに動きがヌラヌラと滑らかになった。慈雲は心置きなく最後の一滴まで出し尽くし、満足しながら動きを止めた。

香代も力尽きてグッタリともたれかかってきた。

慈雲は香代の重みと温もりを受け止め、果実臭の息を嗅ぎながら、うっとりと快感の余韻に浸り込んでいったのだった。

三

「これが、浅草寺《せんそうじ》の観音様だ」

「はあ、さすがに立派な建物ですね」

慈雲は小澄に案内され、境内《けいだい》を回った。今日は昼餉を終えてから、小澄とともに江戸のあちこちを歩いていたのである。

千住から大川《おおかわ》を渡り、少し南下すればすぐ浅草《あさくさ》だった。

さすがに人通りが多く、老若男女の武家や町人がひしめき合い、その間を天秤棒《てんびんぼう》を担いだ物売りが行き交《か》っていた。

境内には出店も多く、さらに幟《のぼり》の立った見世物や大道芸なども賑《にぎ》わっていた。

「祭りでもないのに、毎日こうなのですか」

慈雲は、あまりの人の多さに目眩《めまい》を起こしそうになりながら訊いた。

「ああ、ここだけでなく日本橋《にほんばし》も上野《うえの》も、みな賑わっている」

小澄は答え、そこで知り合いと出会ったらしく、五十代前半の、縫腋《ほうえき》を着た医師らしい男に挨拶《あいさつ》をした。

「こんにちは、玄庵《げんあん》先生」

「やあ、若い坊さんと一緒だね」

玄庵と呼ばれた医者が慈雲を見て言うと、すぐ小澄が紹介してくれた。

「こちらは小田浜《おだはま》藩の典医《てんい》で町医者もしている、結城《ゆうき》玄庵先生だ」

「上総から参りました、慈雲と申します」

「ああ、よろしく。少々歩き疲れた。そこらで茶でも飲もうじゃないか」

玄庵が言い、三人は境内の茶店に行って縁台に座った。

「武士と医者と坊主は、親戚みたいなものだからなあ。もっとも、最近の武士は斬り合いなどしなくなったが」

玄庵が言い、運ばれてきた茶をすすった。かなり洒脱《しゃだつ》で、気さくな人らしい。

やがて小澄が厠へ行くと、玄庵は急に慈雲に身を寄せ、声を潜《ひそ》めて言った。

「おぬし、小澄さんとやったな」

「え……！」

いきなり言われて慈雲は目を丸くしたが、その驚きようで、白状したようなものだった。

「な、なぜ……」

「あはは、見れば分かる。小澄さんは、前に会ったときより、ずっと女らしくなっているし、おぬしを見る眼差《まなざ》しが熱っぽい」

「………」

慈雲は、何と答えて良いか分からず黙った。

自分などが何を言おうと、この世の中を知り尽くしているような玄庵には、何もかもお見通しのような気がしたのだ。また、小澄をよく知っているものから見れば、男装だけになおさら変化が分かりやすいのかも知れない。

「まあ、小澄さんのことだ。彼女から求めてきたのだろう。坊主だって男だからな、淫気も湧くし、機会があれば情交するのも無理はないさ」

玄庵は言って茶をすすり、また慈雲を見た。

「だが、小澄さんばかりでなく、恵心さんも女盛りだ。世の普通の男以上に女に恵まれる坊主というのは、羨《うらや》ましすぎるな」

「し、しかし恵心様は、菩薩《ぼさつ》のように神々しい方ですので……」

慈雲は慌てて言ったが、また見透かされそうな気がした。

と、そこへ小澄が戻ってきた。

「さて、では儂《わし》は行くからな」

「はい、では御免《ごめん》下さいませ」

玄庵が言い、茶を飲み干して立った。すると小澄が立ち上がって辞儀《じぎ》をしたので、慈雲も同じようにした。

やがて玄庵が、小澄が恐縮して断わるのも構わず、三人分の茶代を払って立ち去っていった。

その後ろ姿を見送り、二人は並んで座って茶を飲んだ。

「前に、道場で門弟を叩きのめしたとき、少々やり過ぎて医者を呼んだ。それが玄庵先生だった」

「そうですか……」

慈雲は答え、小澄は相当玄庵に信頼を寄せているのだなと思った。

そして二人は茶を飲み終えると立ち上がり、また歩きはじめた。

「そこへ入って休もう」

と、いきなり小澄が裏道へ入り、一軒の店に彼を誘《いざな》った。いま茶店で休んだばかりなのに、と怪訝《けげん》に思いながら従うと、初老の仲居が出てきて二人を二階の隅の部屋へと案内した。

中には床が敷き延べられ、二つの枕が並び、桜紙も用意されていた。

どうやら、ここは男女が密会する待合のようだった。

「さあ……」

小澄が部屋の隅に大小を置き、袴《はかま》の前紐を解きながら彼を促《うなが》した。

慈雲も急激に淫気を催《もよお》し、手早く僧衣を脱ぎ去っていった。小澄も、最初から淫気満々で彼を浅草に誘ったのかも知れず、そうした気配も玄庵は見抜いていたのかも知れない。

やがて慈雲が横になると、すぐ一糸まとわぬ姿になった小澄も添い寝してきた。

「アア……、可愛い……」

小澄は彼に腕枕をし、感極まったように熱く囁きながらギュッときつく抱きすくめてきた。やはり恵心に愛撫されるよりも、男の一物の方に執着しはじめているのかも知れない。

慈雲もしがみつきながら、彼女の腋の下に顔を埋め、張りのある乳房に手を這わせていった。

今日も小澄は剣術の稽古をしたらしく、腋毛は生ぬるく汗に湿り、何とも甘ったるい体臭が濃く籠もっていた。そして指の腹でクリクリと乳首をいじると、

「ああッ……、もっと強く……」

小澄が喘ぎ、彼に手を重ねて強く乳房に押しつけた。

慈雲も腋の下を充分に嗅いでから移動し、色づいた乳首にチュッと強く吸い付いていった。

「あうう……、嚙んで……」

小澄が女の声音に戻って呻き、強い刺激を求めてきた。

慈雲は勃起した乳首を舌で転がし、そっと歯を立てて小刻みに刺激した。もう片方にも吸い付き、顔中を膨らみに押しつけながら舌と歯による愛撫を繰り返した。

「アア……、いい気持ち……、もっと強く……」

小澄が次第にクネクネと身悶え、夢中になって喘ぎながらせがんできた。

慈雲も左右の乳首を交互に嚙み、さらに鍛《きた》えられた肩や腹にも歯を食い込ませてモグモグと愛撫した。

実際、まだ嫁入り前の肌のあちこちには、袋竹刀《ふくろしない》による痣《あざ》も無数に印されているから、少々の歯形や変色があっても構わないだろう。

脇腹から筋肉の浮き上がった腹部、荒縄をよじり合わせたように引き締まった太腿にも歯を立て、彼は脚を舐め下りていった。

小澄は息を弾ませ、神妙に身を投げ出していた。

彼は逞《たくま》しく硬い足裏を舐め回し、頑丈な指の股にも鼻を押しつけて嗅いだ。そして蒸れた匂いを貪ってから爪先にしゃぶり付き、汗と脂の湿り気を吸い取るように舐め回した。

「ああ……、くすぐったくて、いい気持ち……」

小澄はうっとりと喘ぎながら、彼の口の中で指先を縮めた。

彼が足首を摑んで持ち上げ、俯《うつぶ》せになるよう促すと、小澄も素直にゴロリと腹這いになってくれた。

慈雲は彼女の踵から脹ら脛を舐め、汗ばんだヒカガミを味わい、太腿から尻の丸みをたどっていった。

腰から背中を舐め上げていくと、滑らかな肌は汗の味がし、どこも感じるように肌がビクリと反応した。肩まで舐め上げると、彼は長く束ねた髪にも鼻をうずめ、甘い匂いで鼻腔を満たした。

そして耳の穴を舐め、そっと耳朶《みみたぶ》を噛んでから背中を舐め下り、脇腹にも寄り道して歯を食い込ませ、尻に戻っていった。

両の親指でムッチリと尻の谷間を広げると、ひっそり閉じられた桃色の蕾が羞じらうようにキュッと引き締まった。

鼻を押しつけると、顔中に双丘が心地よく密着し、蒸れた汗の匂いに混じり、秘めやかな微香が馥郁《ふくいく》と胸に沁《し》み込んできた。充分に匂いを嗅ぎ、彼は舌先でチロチロと蕾を舐め、ヌルッと潜り込ませていった。

「あう……！」

小澄が顔を伏せたまま呻き、キュッと肛門で舌先を締め付けてきた。

慈雲は内部で舌を出し入れさせ、うっすらと甘苦いような微妙な味覚のある粘膜を味わいながら蠢かせ続けた。

「そ、そこ……、もういい……」

小澄が言い、肛門への刺激を避けるように再びゴロリと寝返りを打ってきた。

慈雲もいったん顔を離し、小澄の片方の脚をくぐり、仰向けになった彼女の股間に顔を寄せていった。

すでに割れ目からはみ出した花びらは興奮に色づき、ネットリとした蜜汁で大量に潤っていた。

彼は顔を埋め込み、柔らかな恥毛に籠もった汗とゆばりの匂いを貪り、陰唇の内側に舌を差し入れていった。

四

「アアッ……、き、気持ちいい……」

慈雲が、舌先でクチュクチュと膣口の襞を掻《か》き回し、淡い酸味のヌメリをすすりながら大きめのオサネまで舐め上げていくと、小澄が激しく声を上げ、キュッときつく彼の顔を内腿で締め付けてきた。

慈雲は上の歯で包皮を剥《む》き、完全に露出したオサネに吸い付き、舌先で弾《はじ》くように舐め上げた。

「ああ……、それ、いい……！」

舐めるたび、オサネが上の歯に当たって強い刺激が得られるのだろう。小澄も気に入ったように声を上ずらせ、淫水の量も格段に増した。彼はオサネを責めては淡い酸味のヌメリをすすり、指も動員して膣口を擦った。

浅く入れて内壁を摩擦し、たまに深く押し込んで天井を圧迫した。もちろんその間もオサネを吸い、軽く歯で刺激しては舐め続けていた。

「い、いっちゃう……、ああーッ……！」

たちまち小澄は身を弓なりに反《そ》らせ、ガクガクと下腹を跳ね上げながら声を上げて気を遣った。

淫水も粗相したように大量に噴出し、彼は舐め取りながら指を引き抜き、やがて小澄がグッタリと静かになると、股間から這い出した。

再び添い寝していくと彼女は痙攣《けいれん》し、しかし荒い呼吸を繰り返しながらも肌を密着させ、そろそろと彼の股間へと顔を移動させていった。

今度は慈雲が仰向けになり、身を投げ出した。

小澄は呼吸が整わぬまま一物に指を添え、先端にしゃぶり付いてきた。

「ンン……」

亀頭を含み、熱い息を彼の股間に籠もらせながら舌先で鈴口をクチュクチュと舐め回した。さらに喉の奥までスッポリと呑み込み、キュッと幹を締め付けながら吸い付いた。

「ああ……」

慈雲は、受け身になって快感に包まれながら喘いだ。

小澄は生温かな唾液で肉棒をぬめらせ、上気した頰をすぼめて吸い、舌をからめながらスポスポと顔を上下させて摩擦した。

たちまち慈雲は高まり、腰をよじって暴発を堪《こら》えた。

「こ、小澄様……、もう……」

降参するように彼が言うと、やはり挿入を熱望している小澄はスポンと口を引き離してきた。

「今日は、上から入れて……」

彼女が言って仰向けになるので、慈雲も入れ替わりに身を起こした。やはり舌と指で気を遣ったばかりなので、小澄は下になりたいようだった。

慈雲は上になり、本手《ほんで》（正常位）で股間を進めていった。彼女も大胆に大股開きになって、期待に胸を弾ませていた。

先端を押しつけると、熱い蜜汁の湧き出す陰戸がくわえ込むように亀頭を包み込んできた。

そのまま膣口に押し込んでいくと、

「アアーッ……!」

小澄が顔をのけぞらせて喘ぎ、彼もヌルヌルッと滑らかに根元まで貫いた。

肉襞の摩擦を味わいながら股間を密着させ、そろそろと両脚を伸ばして身を重ねると、彼女も両手でしっかりとしがみついてきた。

慈雲は温もりと感触を噛み締め、胸で乳房を押しつぶしながら、小澄のかぐわしい口に鼻を押し込んだ。

「あ……」

彼女も慈雲の鼻に歯を当て、小さく声を洩らして口を開いてくれた。

美女の口の中は、甘酸っぱい芳香が濃く籠もり、吸い込むたびに鼻腔が刺激され、胸の奥まで甘美な悦びが沁み込んでいった。

やがて慈雲は小澄の息を嗅ぎながら、ズンズンと腰を突き動かしはじめた。

「ああッ……、いい……、もっと強く……」

小澄は彼の背に爪を立て、自分からも股間を突き上げながら喘いだ。

やはり彼女は、オサネへの刺激で気を遣るよりも、覚えたての情交に最も夢中になっているようだった。こればかりは、いくら女の恵心に求めても叶わないことなのである。

慈雲は彼女の肩に腕を回して抱きすくめ、次第に強く律動し、果てそうになるとまた弱め、呼吸を整えてから動きを再開させた。

その間も膣内の収縮が高まり、漏れる淫水も量を増して律動を滑らかにさせた。

彼は上から唇を重ね、舌を差し入れて美女の唾液を味わった。

「ンンッ……！」

小澄も目を閉じて熱く呻き、彼の舌に吸い付いてはチロチロと蠢かせ、生温かな唾液を湧き出させた。

慈雲は美女の唾液と吐息を吸収しながら、股間をぶつけるように動きを速め、もう保たせる余裕もなくなってしまった。

「い、いきそう……、小澄様……」

許しを求めるように唇を離して言い、もう腰の動きは止めようもなくなっていた。

「出して、中にいっぱい……！」

すると小澄も熱く息を弾ませて答え、身構えるように身を反らせてきた。

「いく……、アアーッ……！」

たちまち慈雲は大きな絶頂の渦《うず》に巻き込まれてしまい、快感に突き上げられながら喘いだ。同時に、ありったけの熱い精汁がドクンドクンと勢いよく柔肉の奥にほとばしり、奥深い部分を直撃した。

「あう！　感じる、なんて気持ちいい……、ああッ……！」

噴出を感じた小澄も、精汁を飲み込むようにキュッキュッと膣内を収縮させ、激しく声を上ずらせて気を遣った。

慈雲は、何とも心地よく締まる膣内の蠢きの中、心ゆくまで精汁を出し尽くし、徐々に律動を弱めていった。

そして深々と押し込んだまま股間を密着させ、動きを止めると、彼女も余韻を噛み締めるようにきつく締め上げ、徐々に肌の強《こわ》ばりを解いていった。

「アア……、良かった……、とっても……」

小澄はうっとりと吐息混じりに呟き、名残惜しげにヒクヒクと膣内を収縮させ、一物を締め付けた。

慈雲も遠慮なく彼女に身を重ね、甘酸っぱい息を間近に嗅ぎながら快感の余韻に浸り込んだ。

「もう、男無しでは、生きてゆかれない……」

小澄が息を弾ませながら言い、やがて二人で呼吸を整えたのだった。

五

「さあ、もう良いですよ。どうも有難《ありがと》う」

恵心が言い、慈雲は糠袋《ぬかぶくろ》を置いて、彼女の肩から湯を浴びせた。

透けるように白い肌は、脂が乗って湯を弾き、艶《なま》めかしく桜色に染まっていた。

今宵《こよい》は、情交もせず、ただ一緒に風呂に入っているだけだった。年中していては悦びが薄れるからと、求める慈雲を諭《さと》すように恵心が言ったのである。

もちろん恵心に言われれば、慈雲はいかに淫気が激しくても、大人しく従うしかないのだ。

とにかく背中を流したいと懇願して一緒に入ってもらったが、彼は勃起した一物を持て余し、湯殿に籠もる女の匂いに悶々《もんもん》としていた。

やがて彼女が風呂桶に浸《つ》かると、その間に慈雲は自分の身体も手早く擦って洗い流した。

「さあ、浸かりなさい。私は出ますので、ゆっくり」

恵心が風呂桶から上がり、開いた股間がチラと見えた。匂いは消えてしまったが、やはり舐めたくて仕方がなくなった。

「ねえ、恵心様。ここに足を……」

慈雲は簀の子に座ったまま、目の前に立った恵心に縋《すが》り付き、片方の足を風呂桶のふちに乗せさせた。

「まあ、何をさせるのですか?」

「どうか、ゆばりを放って下さいませ……。どうしても、清らかな恵心様のゆばりを浴びてみたいのです……」

慈雲は、勃起した肉棒をヒクヒク震わせながら言った。

「そう……、どうしても、そうされたいのなら……」

慈悲《じひ》深き恵心は、必死に願うと必ず応じてくれた。

「お願い致します……」

慈雲は彼女の豊満な腰を抱え、開いた股に顔を寄せていった。

湯に濡れた茂みに鼻を埋めたが、やはり彼女本来の体臭は消えてしまっていた。

陰戸に舌を這わせても、淫水のヌメリはなかった。

「良いのですか。このままだと口に入りますよ」

「はい、どうぞ……」

恵心が静かな口調で言うので、なおさら新鮮な興奮が湧いた。

「あう……、出ます……」

彼女も下腹を緊張させ、懸命に尿意を高めていたが、やがて小さく呻いて言うなり柔肉の味わいが変わった。

なおも舐め回していると、温かな流れがチョロチョロと慈雲の口に注がれてきた。

彼はうっとりと受け止め、夢中で飲み込んだ。

さすがに恵心から出るものは刺激も少なく、味と匂いは実に控えめで上品なものだった。

慈雲は直に飲ませてもらいながら懸命に喉を鳴らすと、

「アア……」

恵心もゆるゆると放尿しながら、うっとりと喘ぎ、優しく彼の頭を撫でてくれた。

勢いも遠慮なく増し、慈雲は一滴もこぼすまいと必死に飲み込み続けた。

やはり恵心だけは他の女と違い、出たものを取り入れていると御利益がありそうな気さえしてくるのだった。

やがて勢いが弱まると慈雲もあらためて味と匂いを嚙み締め、一滴残らず飲み干してしまった。

さらに流れが治まると、割れ目内部に溜まった雫をすすり、なおも舌を這い回らせた。ゆばりの味わいが消え去り、淡い酸味のヌメリが溢れてきたが、恵心は呼吸ひとつ乱さなかった。

今日はしないと決めると、もう感じないよう心身が切り替えられるようだった。

「さあ、終わりです。もう良いでしょう」

恵心が静かに言い、やんわりと彼の顔を股間から引き離し、風呂桶のふちに乗せていた足を下ろした。

そして互いの身体に湯を浴びせ、やがて彼女は先に風呂場を出てしまった。

慈雲は恵心が浸かった湯船に身を沈め、少し経ってから湯殿を出た。身体を拭いて寝巻を着て、部屋へ戻るとすでに恵心は床に就《つ》いていた。

「あ、あの、少しだけ、構いませんか……」

慈雲は、恐る恐る言った。

「いいでしょう。どうせ淫気で眠れないのでしょうから、お口でよろしければ」

恵心も、慈雲の悶々とした気持ちを察して言ってくれ、彼は嬉々《きき》として彼女の寝床に滑《すべ》り込んだ。

そして帯を解いて寝巻を脱ぎながら、恵心の胸元を開き、チュッと乳首に吸い付いていった。

彼女も優しく胸に抱いてくれ、慈雲は柔らかな膨らみに顔中を押しつけ、乳首に舌を這わせた。残念ながら湯上がりの香りしかしないが、上からは甘い花粉臭の息が吐きかけられてきた。

慈雲は激しく勃起しながら左右の乳首を充分に味わい、仰向けになりながら彼女の顔を引き寄せた。恵心も求められるまま、上からピッタリと唇を重ねてくれ、ネットリと舌をからみつかせてくれた。

慈雲は美女の唇や舌の感触と唾液のヌメリ、かぐわしい息を吸収しながら乳房を探り、さらに恵心の手を取り勃起した一物に導いた。

彼女も、やんわりと手のひらに肉棒を包んでくれ、ニギニギと微妙に指を動かして愛撫してくれた。

「唾を……」

口を触れ合わせながら囁くと、恵心もことさらに多めの唾液を分泌させ、トロトロと口移しに注ぎ込んでくれた。

慈雲は生温かく小泡の多い粘液を味わい、うっとりと飲み込んで酔いしれた。

彼女も、出る限りグジュグジュと垂らしてくれ、好きなだけ飲ませてくれた。

慈雲は恵心の指の蠢きに高まり、さらに美女の口の中に鼻を押し込んで、熱く湿り気ある甘い匂いで鼻腔を満たした。

「ああ……、お口が、何とかぐわしい……」

慈雲が興奮に身を震わせて言うと、恵心も花の香りの息を吐き出し、何度も嗅がせてくれた。

彼は少しの間、恵心の吐く息だけを吸って生き、唾液をすすり、空気と水の有難さを噛み締めた。

そして指の愛撫に高まると、慈雲は腰をよじって絶頂を迫らせた。

「い、いきそう……」

「ではお待ちを」

甘えるように言うと、恵心は口を離して答え、ゆっくりと身を起こした。そして大股開きにさせた彼の股間に身を置き、顔を寄せてきた。

「あ……、少しだけ、お乳で……」

「こうですか？」

慈雲が仰向けのまま言うと、恵心も答え、すぐに柔らかく豊かな膨らみを一物に擦りつけてくれた。

乳首が肉棒に触れ、谷間に挟んで両側から揉みしだかれると、彼はえもいわれぬ快感に包まれ、美女の柔肌に包まれながら最大限に膨張した。

恵心も、充分に乳房で愛撫してから屈み込んで舌を伸ばし、チロチロと先端を舐め回してきた。

「ああ……」

慈雲は快感に喘ぎ、やがて恵心も次第に乳房から口での愛撫に切り替えていった。

まだ含まず、舌先だけで鈴口を探り、滲む粘液を舐め取り、ゆっくりと幹を下降していった。

触れるか触れないかという舌遣《づか》いなので、かえって熱い息の刺激や微妙な快感が高まった。

恵心は幹を舐め下りると、ふぐりに舌を這わせ、二つの睾丸を転がし、さらに彼の両脚を浮かせ、尻の谷間も舐めてくれた。

「く……」

肛門を舐められ、さらにヌルッと潜り込んでくると、慈雲は申し訳ない快感に呻き、恵心の舌先をキュッと締め付けた。

彼女も奥まで潜り込ませ、クネクネと内部で舌を蠢かせ、熱い鼻息でふぐりをくすぐった。そして充分に舐めてから舌を引き抜き、脚を下ろしながら再びふぐりの縫い目をツツーッとたどり、一物の裏側をペローリと舐め上げてきた。

「アアッ……！」

絹のように滑らかな舌触りに、慈雲はヒクヒクと下腹を波打たせて喘いだ。

恵心は先端まで達すると、また舌先で鈴口をしゃぶってから、今度は丸く開いた口でスッポリと亀頭を含み、モグモグとたぐっていくように根元まで深々と呑み込んでいった。

先端が喉の奥のヌルッとした肉に触れると、生温かな唾液がたっぷりと溢れて肉棒全体を心地よく浸してきた。

「ンン……」

恵心は小さく呻き、熱い鼻息で恥毛をそよがせた。

清らかな唇がキュッと幹を丸く締め付け、内部ではクチュクチュと舌が蠢いた。

「ああ……、気持ちいい……」

慈雲は高まり、無意識にズンズンと股間を突き上げはじめた。

するとと恵心も顔を上下させ、唾液に濡れた口でスポスポと強烈な摩擦を開始してくれた。

まるで美女のかぐわしい口に、身体ごと入ったような快感だ。

「い、いきそう……」

言うと、恵心はさらに摩擦と吸引と舌の蠢きを活発にさせてきた。

たちまち限界が来て、慈雲は絶頂に達してしまった。

他の誰よりも、恵心の口に出すときは、清らかなものを汚してしまうという申し訳ない快感が加わるのだった。

「いく……、アアーッ……！」

慈雲は身を反らせて口走りながら、大きな快感の渦に巻き込まれてしまった。同時に、ありったけの熱い大量の精汁を、ドクンドクンと勢いよくほとばしらせ、恵心の喉の奥を直撃した。

「ク……、ンン……」

彼女は噴出を受け止め、咳《せ》き込まぬよう注意しながら熱く鼻を鳴らした。

慈雲も、溶けてしまいそうな快感に包まれながら、いつしか思い切り射精し、心置きなく最後の一滴まで出し尽くした。

惜しみつつも快感が下降線をたどりはじめ、やがて彼がグッタリと力を抜いて身を投げ出すと、恵心も舌の蠢きを止め、亀頭を含んだまま口に溜まったものをゴクリと喉に流し込んだ。

「あう……」

飲み込まれるたび口腔がキュッと引き締まり、駄目押しの快感に慈雲は呻き、ビクリと股間を跳ね上げた。

恵心は全て飲み干すと、余りを搾《しぼ》るようにチュッと吸い、やがて口を離した。そして幹をしごき、鈴口から滲む白濁の雫まで丁寧に舐め取り、全て綺麗にしてくれた。

「アア……」

慈雲は、射精直後で過敏になった亀頭を刺激されて喘ぎ、ヒクヒクと幹を震わせて腰をよじった。

やがて彼が身を投げ出すと、恵心もようやく股間から離れ、再び添い寝してきた。

慈雲は甘えるように腕枕してもらい、美女の温もりと匂いに包まれた。

「さあ、息を整えたら自分のお部屋へ戻るのですよ」

「はい……、有難うございました……」

恵心が囁くと、慈雲は胸に抱かれて答えた。そして、彼女の甘い息を嗅ぎながら、うっとりと快感の余韻を噛み締めたのだった。

第四章　二人がかりの目眩《めくるめ》く宵《よい》

一

「まあ、これはようこそ……」

　慈雲が顔を見せると、ちょうど井戸端で野菜を洗っていた千香が、顔を輝かせて立ち上がった。

　相当に、彼の来訪を心待ちにしていたようである。

　手習いの方が一段落したので、恵心に言われた慈雲は、子供たちが引き上げるのと一緒に、昼前に千香の家を訪ねたのだった。

「恵心様から言付かって参りました。いつもの野菜のお礼にと」

　慈雲が言うと、千香は甲斐甲斐《かいがい》しく彼を中に入れた。香代は、今日も畑に出ているようだ。

「檀家《だんか》からの戴き物なのですが」

「これは香代も喜びます」

包みを開けると、船橋屋《ふなばしや》の銘菓《めいか》である羊羹《ようかん》が入っていて、千香も恭《うやうや》しく捧《ささ》げ持って仏壇に上げた。

「ときに、香代ちゃんはまだ戻りませんか」

慈雲は訊いた。もちろん香代に会いたいのではなく、千香との情交の暇があるか確認したのだ。

「昼まで、あと半刻（約一時間）余りは戻りません」

「そう、働き者ですね」

「お嫁にもらって頂けますか？」

「い、いいえ、私は妻帯など出来ないと思います」

慈雲は答えたが、千香も本気で言ったわけではないだろう。その証しに、すぐ立ち上がって床を敷き延べはじめた。

「少しばかり、構いませんか？　どうにも身体が火照《ほて》ってしまい……」

「はい。こちらこそ、よろしくお願いします」

懇願するように言いながら帯を解きはじめた千香に答え、すぐに慈雲も僧衣を脱ぎはじめた。

彼はたちまち全裸になり、布団《ふとん》に横たわると、千香も手早く一糸まとわぬ姿で添い寝してきた。

慈雲は、例によって甘えるように腕枕してもらい、千香の胸に顔を埋め込んだ。

今日も、ジットリ汗ばんだ千香の胸元や腋《わき》からは、何とも甘ったるい体臭が漂《ただよ》っていた。

「アア……、嬉《うれ》しい。またこのように出来て……、こないだは、夢の出来事かと思うほどでした……」

千香が感極まったように息を弾《はず》ませて言い、慈雲の顔を胸にきつく抱きすくめてきた。彼も、鼻先にある色づいた乳首にチュッと吸い付き、顔中を柔らかな膨《ふく》らみに押しつけていった。

もう片方の膨らみも手で探りながら乳首を舌で転がし、甘ったるい汗の匂いに酔いしれると、

「ああ……、いい気持ち……」

千香はすぐにも熱く喘《あえ》ぎ、クネクネと熟《う》れ肌を悶《もだ》えさせていった。

慈雲は両の乳首を交互に含み、たまに軽く歯を当てて刺激し、柔らかな膨らみを顔中に感じながら愛撫《あいぶ》を繰り返した。

さらに腋の下にも顔を埋め込み、腋毛に鼻を擦《こす》りつけて濃厚な甘ったるい汗の匂いに噎《む》せ返った。

そして脇腹を舐《な》め下り、真ん中に戻って臍《へそ》にも舌を差し入れてクチュクチュと動かし、張りのある下腹にも顔を押しつけながら下降していった。

慈雲はムッチリとした健康的な脚を舐め下り、体毛の舌触りを味わいながら足首まで移動し、足裏にも舌を這《は》わせていった。

「い、いけません……、そのようなこと……」

千香が声を震《ふる》わせて言った。やはり僧侶となると、武家とはまた違った畏《おそ》れ多さがあるのだろう。

構わず踵《かかと》から土踏まずまで舐め回し、縮こまった指の股にも鼻を押しつけて、汗と脂《あぶら》の湿り気と蒸れた匂いを嗅《か》いだ。そして爪先《つまさき》にしゃぶり付き、順々に指の股にヌルッと舌を割り込ませていった。

「アアッ……！」

千香がビクッと身を震わせて喘ぎ、艶《なま》めかしく腰をよじらせた。

慈雲は両足とも存分に賞味し、味と匂いが薄れると、やがて脚の内側を舐め上げ、陰戸《ほと》に顔を迫らせていった。

「ああ……、じ、慈雲様……」

千香が、期待と興奮に股を開いては、やはり羞恥《しゅうち》とためらいに閉じ、しきりに身悶えた。慈雲は白くムッチリとした内腿《うちもも》を舐め上げ、熱気と湿り気の籠《こ》もる中心部に鼻先を寄せていった。

黒々と艶《つや》のある恥毛の下の方は、大量の淫水を含んでしっとりと露《つゆ》を宿し、はみ出した陰唇も興奮に染まり、妖《あや》しく息づいていた。

指を当てて陰戸を広げると、かつて香代が生まれ出てきた膣口が襞《ひだ》を濡《ぬ》らして収縮し、光沢あるオサネもツンと突き立っていた。

「アア……、そんなに、見ないで下さいませ……」

千香は、彼の熱い視線と息を感じ、朦朧《もうろう》として言いながらヒクヒクと白い下腹を波打たせた。

慈雲も我慢できず、吸い寄せられるように顔を埋め込んでいった。

柔らかな茂みに鼻を擦りつけて嗅ぐと、甘ったるい汗の匂いと残尿臭が入り交じり濃厚に鼻腔《びこう》を掻《か》き回してきた。

舌で膣口を掻き回して淡い酸味のヌメリをすすり、柔肉をたどってオサネまで舐め上げていった。

「あう……、き、気持ちいいッ……！」

千香がビクッと顔をのけぞらせて呻《うめ》き、量感ある内腿でキュッときつく彼の顔を締め付けてきた。

慈雲はもがく腰を抱え込んで押さえながら、大量の蜜汁を舐め取り、オサネに吸い付いていった。上の歯で包皮を剝《む》き、完全に露出した突起を舌先で弾くようにチロチロ舐めると、

「ああーッ……、い、いけません……、すぐいきそう……！」

千香が声を上ずらせ、激しく腰をよじった。

慈雲は彼女が気を遣《や》る前に強烈な愛撫を止め、脚を浮かせて白く丸い尻の谷間に顔を迫らせていった。

双丘の間には、薄桃色の蕾《つぼみ》が閉じられ、僅《わず》かに枇杷《びわ》の先のように肉を盛り上げて襞を震わせていた。

鼻を埋め込むと、秘めやかな微香が汗の匂いに混じって感じられ、慈雲は貪《むさぼ》りながら舌を這わせていった。震える襞を舐め回し、充分に濡らしてからヌルッと舌先を潜《もぐ》り込ませると、

「アアッ……、駄目、汚いから……！」

千香は熱く喘ぎ、あまりの興奮に、まるで子供を叱るような口調になっていた。

慈雲は滑《なめ》らかな粘膜を味わい、舌を出し入れさせるように蠢《うごめ》かせた。

鼻先にある陰戸からは、白っぽく濁《にご》った蜜汁が溢《あふ》れ出ていた。

やがて慈雲は収縮する肛門から舌を引き離し、ヌメリを舐め取って再びオサネに吸い付いていった。

「ヒッ……、ど、どうか、もう堪忍《かんにん》……！」

千香が息を呑《の》み、クネクネと身をよじった。ここで果ててしまうより、やはり一つになりたいのだろう。

慈雲も、彼女が充分すぎるほど高まった頃合いを見て股間から離れ、添い寝していった。

「では、今度は千香さんが私を可愛がって下さいませ……」

彼は言い、屹立《きつりつ》した一物をヒクヒクさせた。すると以心伝心で千香も分かったらしく、身を起こしながら彼の股間に顔を寄せてきた。

幹に指を添えて先端にしゃぶり付き、渇《かわ》きを癒《いや》すかのように亀頭に強く吸い付いてきた。

「ああ……」

慈雲は快感に喘ぎ、美女の口の中で唾液にまみれた肉棒をヒクヒク震わせた。

千香も喉の奥までスッポリ呑み込み、熱い鼻息で恥毛をくすぐりながら、クチュクチュと執拗《しつよう》に舌をからみつけてきた。

そして口で果てさせるつもりはなく、充分に唾液に濡れたのでスポンと口を引き離し、彼の指示を仰《あお》ぐように股間から目を向けてきた。

「跨《また》いで下さい」

慈雲が言って彼女の手を引くと、千香もためらいがちに恐る恐る身を起こし、彼の股間に跨がってきた。やはり坊主を跨ぐ抵抗より、快楽への渇望の方が大きかったようだ。

唾液に濡れた先端を、蜜汁にまみれた陰戸に押しつけ、膣口にあてがいながらゆっくりと腰を沈み込ませてきた。

たちまち、屹立した肉棒はヌルヌルッと滑らかな肉襞の摩擦《まさつ》を受けながら、根元まで呑み込まれていった。

「アアーッ……！　すごい……」

千香が顔をのけぞらせ、完全に座り込んで喘いだ。

そして密着した股間をグリグリと擦りつけるように動かし、豊かで形良い乳房を揺らした。

慈雲も熱いほどの温もりと、子を産んだとは思えない締まりの良さに陶然《とうぜん》となり、股間に美女の重みを受け止めて快感を高めた。

内部でヒクヒクと幹を震わせると、

「ああッ……！」

感じた千香は上体を起こしていられず、熱く喘ぎながら身を重ねてきた。

慈雲も抱き留め、下から唇《くちびる》を重ねて舌を潜り込ませながら、ズンズンと股間を突き上げた。

「ンンッ……！」

千香は彼の舌に吸い付きながら呻き、熱く甘い息を弾ませた。

慈雲はじわじわと高まりながら、何とも心地よい摩擦に夢中になった。溢れる淫水が動きを滑らかにさせ、クチュクチュと淫《みだ》らに湿った音を響かせ、ふぐりから内腿までネットリとまみれた。

充分に舌をからめ、生温かな唾液をすすって喉を潤《うるお》すと、彼は千香の口に鼻を押し込み、白粉《おしろい》臭の息で鼻腔を満たした。

「舐めて……」

囁《ささや》くと、千香は彼の鼻の穴をヌラヌラと舐めてくれた。

「唾《つば》を、沢山私の口に……」

言うと、また千香は興奮に任せ、クチュッと唾液を垂らしてくれた。慈雲はうっとりと味わい、甘美な悦《よろこ》びに包まれながら飲み込んだ。

「私の顔に、唾を思い切り吐きかけて下さい……」

慈雲は、興奮を高め、動きを速めながらせがんだ。

「そ、そんなこと……」

さすがに千香はためらったが、彼女も興奮を高め、突き上げに合わせて腰を遣《つか》いはじめた。

「どうか……」

再三促すと、千香も遠慮がちにペッと軽く吐きかけてくれた。僅《わず》かな飛沫《しぶき》が鼻筋を濡らし、甘い息が顔を撫《な》でた。

「もっと強く、何度も……」

「アア……、お坊様にこのような、罰の当たることを……」

千香は激しく喘ぎながらも、何度か吐きかけてくれ、次第に勢いを強めた。

なぜなら、するごとに膣内の一物が強《こわ》ばりを増す様子が伝わってくるからだろう。

だから彼が本当に望み、悦んでいることが分かるので、千香も次第に本気で吐きかけてきた。

たちまち顔中が美女の唾液でヌルヌルにまみれ、慈雲は悩ましい匂いの中で腰を遣い、とうとう昇り詰めてしまった。

「く……!」

突き上がる快感に呻きながら、彼は熱い大量の精汁を勢いよく柔肉の奥にほとばしらせた。

「あ、熱い……、気持ちいいッ……、ああーッ……!」

すっかり下地が出来上がっていた千香も、噴出を感じた途端に気を遣り、ガクンガクンと狂おしい痙攣《けいれん》を開始して喘いだ。

慈雲も膣内の収縮の高まりに快感が増し、最後の一滴まで最高の快感の中で出し尽くした。

やがて突き上げを弱めていくと、千香も力尽きたように熟《う》れ肌の強ばりを解いてグッタリともたれかかってきた。

「ああ……、溶けてしまいそう……」

千香は熱く喘ぎながら言い、キュッキュッと名残惜《なごりお》しげに膣内を締め付けた。

慈雲は美女の熱く甘い息で鼻腔を刺激されながら、うっとりと快感の余韻を嚙《か》み締めた。

「も、申し訳ありません……」

千香は、息も絶えだえになりながら言い、唾液に濡れた彼の顔を指で拭《ぬぐ》った。

「でも、気持ち良かった……」

彼女は精根尽き果てたように言い、慈雲も満足して呼吸を整えたのだった。

二

「え？　何事でしょう……」

急に境内《けいだい》が騒がしくなってきたので、厨《くりや》で恵心と昼食後の洗い物をしていた慈雲は外に出てみた。

すると数人の破落戸《ごろつき》らしい男たちと、着流しの浪人ものが一人いた。

「おやあ、男の坊主がいるな。住職はいるか」

腰に長脇差《ながどす》をぶち込んだ髭面《ひげづら》の大男が、慈雲を睨《にら》んで言った。

「何ですか、あなた方は」

「三日に一度でいいから、本堂で賭場《とば》を開きてえんだ。前は交渉する前に旗本のお転《てん》婆《ば》に邪魔されたがな、今日は正式にそっちの取り分も相談してえ」

どうやら、前に小澄たちが叩きのめし、この土地から追い出した流れ者の破落戸らしい。それがまた機を狙《ねら》って舞い戻って来たようだ。

「賭場ですって？　そんなことが許されるわけないでしょう」

「うるせえ！　てめえじゃ話にならねえ！」

髭面が怒鳴り、いきなり慈雲の頬《ほお》に拳骨《げんこつ》を叩きつけてきた。

「うわ……！」

衝撃でよろけた慈雲は、必死に相手の袂《たもと》を摑《つか》んだ。

「離せ、この小僧！」

髭面は怒声を放って、もう何発か拳骨を見舞い、とうとう倒れた慈雲を足蹴《あしげ》にしてきた。

慈雲は転がりながら痛みに身を縮めたが、そのとき恵心が出てきた。

「何をなさいます！」

恵心が凜《りん》とした声を上げ、そこにあった物干し竿《ざお》を手に、素早く髭面の水月《すいげつ》をどんと突いたのだ。

「むぐ……！」

呻いて前屈みになる髭面に、恵心は竿竹を頭上でくるりと一回転させると、その肩を打ちのめし、そのまま地に引き倒した。

「こ、この女……！」

他の破落戸が色めき立って長脇差を抜き放ったが、恵心は別人のように怒気を露《あら》わにし、次々に連中の肩や脾腹《ひばら》、脛《すね》を強《したた》かに打ち据えた。その動きは素早いが、舞のように優雅で、正確な打突を繰り出していた。

連中は、悲鳴を上げて地に転がったが、慈雲もまた倒れたまま驚きに目を見張っていた。

恵心は元武家と聞いていたが、どうやら薙刀《なぎなた》の達人だったようだ。

「こ、こんなこともあろうかと、今度はめっぽう強《つえ》え先生を連れてきたんだぜ……。先生、お願《ねげ》え致しやす」

やっとの思いで身を起こした髭面が言うと、着流しの浪人ものが前に出た。

三十代半ばか、頬がこけ暗い目をして、肌は青白く死に神のようだ。

しかし、浪人ものは刀を抜かなかった。

「尼僧《にそう》を相手に戦う気はない」

「そんなあ、先生……」

浪人ものの言葉に髭面が言ったとき、

「何者！」

小澄が凛然と声を上げ、鯉口《こいぐち》を切りながら境内に駆け込んできた。いつものように遊びに来たようだが、境内の様子で一気に闘志に火が点《つ》いたらしい。

「おお、お前らが言っていたお転婆はこれか。恵まれた旗本めが」

浪人ものの目が輝き、今度はためらいなく抜刀して小澄に対峙《たいじ》した。

「む、やるか……！」

小澄も素早く刀を抜き放ち、青眼に構えた。これも、日頃からは想像も付かない鬼気迫る表情だ。

じりじりと間合いを詰める様子に、他の破落戸たちも、尻餅を突きながら固唾《かたず》を呑《の》んで見守った。恵心は竹竿を立てて成り行きを見つめ、慈雲も身動きできぬまま息を呑んでいた。

「エヤッ！」

浪人ものが気合いを発し、片手殴りに攻撃を仕掛けてきた。

型にはまらぬ、海千山千の実戦剣法に思えた。

小澄は軽くかわして素早く横殴りに斬りつけた。

その切っ先が浪人ものの胸を裂いた、と思われたが、一歩早く引き、男の袖が斬れてぱらりと垂れ下がった。

「やるな。面白い。酒を抜いてから、あらためて戦おう」

浪人ものは笑みを浮かべて下がり、あっさりと納刀してしまった。

「卑怯《ひきよう》、不利になると逃げるか！」

「もう武士ではない。卑怯も糞《くそ》もあるか。俺は柴田英之進《しばたえいのしん》」

「ふん、無頼《ぶらい》には名乗らぬ」

「ああ、構わん。惚《ほ》れたぞ。また後日」

英之進は言い、踵《きびす》を返すとさっさと境内を出て行ってしまった。

「せ、先生……」

破落戸たちが情けない声を出し、肩を貸し合いながら這々《ほうほう》の体《てい》で英之進を追い、立ち去っていった。

「大丈夫ですか」

恵心が竹竿を置き、倒れている慈雲に駆け寄ってきた。

刀を納めた小澄も来てくれ、二人に抱き起こされながら、慈雲もようよう立ち上がった。

しかし暴力には免疫がなく、頬や脾腹が痛んで気が遠くなり、また彼は小澄に抱きかかえられながら意識を失ってしまったのだった。

三

(ああ……、またこの夢か……)

慈雲は、抜けるような青空を見上げ、輪を描く鳶《とび》を目で追いながら思った。

久しく見ていなかったが、江戸へ来て初めてかもしれない。彼は今度こそ、隣にいるらしい女に目を向けようとしたが、その前に揺り起こされた。

「気がついたか。ああ、怪我《けが》は大したことはない。寝ていれば明日には痛みも引くだろう」

目を開けると、医師の結城玄庵が彼を見下ろして言った。

慈雲は部屋に寝かされ、恵心が、甲斐甲斐しく全裸の彼の身体を拭き清めてくれていた。

どうやら歯も骨も折れていないようで、じっとしている分には痛みも感じなくなっていた。

「破落戸たちは番屋が手配したから、じき捕まるだろう。じゃ、儂《わし》は帰る」

「有難うございました」

玄庵が立つと、恵心は慈雲に掻巻《かいまき》を掛け、彼を玄関まで見送りに行った。

そして戻ると、そこへ小澄も粥《かゆ》を持ってやって来た。行燈《あんどん》が点き、外は日が落ちて間もなくらしく、夕闇が迫っていた。

「医者を呼びに行くと、ちょうど玄庵先生が千住に来ていたので幸いだった」

小澄が言い、彼を抱き起こして粥を渡してくれた。何やら、最初にこの寺に転がり込んだときを思い出した。

「済みません。ご迷惑をおかけしました」

「いいえ、私も慈雲どのが倒れたので、つい怒りにまかせて暴れてしまいました」

慈雲が言うと、恵心が恥じるように答えた。

「私も、恵心様の活躍を見たかった」

小澄は憧れの眼差しで恵心を見て言った。やはり、ああしたことがあったので今宵《こよい》は寺に泊まってくれるようだ。

やがて慈雲が恐縮しながら粥を食べはじめると、二人も安心して夕餉《ゆうげ》を済ませに厨へと行った。

食べ終わると少し力が湧《わ》いてきたが、空の椀を枕元に置き、また横になろうとすると節々が痛んだ。ようやく仰向けになると、全裸に搔巻を掛け、再び慈雲は目を閉じた。

いつの間にか慈雲は眠ってしまったようだが、今度は夢も見ず、間もなく気配に目を覚ました。

「さあ、見て。もう慈雲どのと情交してしまったでしょうが、あらためて男というものを学びましょうね」

恵心が言い、小澄とともに彼の股間に熱い視線を注いできた。

搔巻がはぎ取られ、彼は全裸で仰向けになっていた。しかも、左右から一物を見下ろす恵心と小澄も、すでに一糸まとわぬ姿になっていたのだ。

「この、ふぐりは精汁を作る大切なところですし、急所なので優しく触れるように」

「はい、そのようにしております」

恵心が言い、そっと袋に触れると小澄も素直に答えた。

「一物をお口で可愛がるときは、歯を当てぬように。嚙《か》み切って食べてしまいたくなることはありますが、決して」

「ええ、分かります。でも嚙み切るとあとで困りますので」

美女二人は、クスクスと声を潜《ひそ》めて笑いながら話し合った。

「一番感じるのは、鈴口の少し裏側あたりでしょう」

「このへんですね」

恵心が言い、小澄が指先でちょんと触れてきた。

もう慈雲も我慢できず、股間に二人の視線と吐息を感じながら、ムクムクと激しく勃起してきてしまった。

「おや、気がついたようですね。慈雲どの、まだ怪我が痛むでしょうが、今しばらくじっとしていて下さいね」

「は、はい……」

恵心が言い、そう眠ったふりも出来ず慈雲は小さく答えた。

「どうせ慈雲どのは淫気が強いので、先に二人で精汁を戴きましょうね」

恵心は、言うなり屈み込み、彼の右の乳首に吸い付いてきた。

すると小澄も、左側に同じように舌を這わせ、二人は熱い息で彼の肌をくすぐってきたのだ。

「ああ……」

慈雲は、唐突な快感に痛みも忘れて喘いだ。

どうやら二人は、これから二人がかりで、とことん彼を賞味するようなのだ。しかも慈雲の意思などお構いなしに、二人の好奇心と快楽だけのために彼を餌食《えじき》にするらしい。

慈雲は、小澄はともかく、恵心の露わな欲望を垣間見たようで激しく興奮した。ましてや昼間には、彼女が意外に強く、しかも悪に容赦のない一面を見たので実に新鮮だった。

やがて二人はチロチロと彼の左右の乳首を舐め回し、お行儀悪く音を立てて吸い付き、さらにはキュッと歯も立ててきたのだ。

「あう……！」

慈雲は、甘美な痛みと快感に呻き、勃起した一物を震わせた。

「ふふ、慈雲どのは、嚙まれるのが好きなのですよ。一物の他は、どこを嚙んでも構いません」

恵心が言うと、小澄も一緒になって彼の両の乳首をキュッキュッと嚙み、さらに脇腹や腹部、内腿にも綺麗な歯を食い込ませてきた。

「アア……、気持ちいい……」

慈雲は喘ぎ、まるで二人の美女に少しずつ食べられているような快感に悶えた。

そして二人は、まるで申し合わせたように彼の脚を舐め下り、とうとう足裏にも舌を這わせてきたのである。

「ど、どうか、そのような……」

慈雲は声を震わせて言ったが、たちまち心地よさに力が抜けていった。自分がする分には良いが、やはりされるのは気が引ける。きっと彼に舐められた千香や香代も、こうした気持ちだったのだろう。

二人は厭わず足裏を舐め、爪先にもしゃぶり付いてきた。

「あうう……」

慈雲は、申し訳ない快感に呻き、二人の口の中で唾液にまみれた爪先《つまさき》を縮めた。

何しろ、一人は神々しい尼僧で、もう一人は武家の女なのだ。

しかし二人も夢中になって、彼の指の股に順々にヌルッと滑らかな舌を割り込ませてきた。

そのたびに慈雲はビクリと震え、それぞれの舌を足指で挟み付けた。

彼はまるで生温かな泥濘《ぬかるみ》でも踏んでいるような心地で、ただ喘ぐばかりだった。

やがて二人は賞味し尽くし、しゃぶっていた爪先から口を離すと、そのまま慈雲の脚の内側を舐め上げてきた。

大股開きにされ、二人の口が内腿に吸い付き、舌が這い回った。

さらに恵心が彼の脚を浮かせ、何と先に尻から舐めはじめたのである。

清らかな舌先がチロチロと肛門をくすぐり、熱い息に谷間がくすぐられた。

恵心が舌を離すと、すかさず小澄も同じように舐め回してきた。

二人の舌の感触は微妙に異なり、何度か二人は交互に舐めてから、ヌルッと舌先を潜り込ませてきたのだ。

「く……！」

これも申し訳ないような、実に贅沢《ぜいたく》な快感である。

あの無法者の破落戸ですら、こんな良い体験は一生に一度もないだろう。

二人は代わる代わる舌を差し入れ、内部でクチュクチュと蠢かせ、慈雲も味わうようにモグモグと締め付けた。

まるで女二人の舌に、交互に犯されているようだった。

そして勃起した一物も、二人の舌で肛門内部の裏側から刺激されるようにヒクヒクと上下した。

ようやく二人は彼の脚を下ろし、今度は頬を寄せ合い、ふぐりに舌を這わせてきたのだ。それぞれの睾丸を舌で転がし、混じり合った唾液が袋を濡らし、二人分の息が肉棒の裏側をくすぐった。

充分に袋を愛撫すると、いよいよ二人は肉棒を舐め上げてきた。

恵心は裏側を、小澄は側面に舌を這わせ、同時に先端に達した。なおもチロチロと蠢く舌先が張りつめた亀頭を愛撫し、交互にスポスポと含まれ、ネットリと舌がからまった。

「アア……、い、いきそう……」

慈雲は降参するように腰をよじって言ったが、二人はさらに熱を込めて一緒に亀頭をしゃぶりはじめた。

何やら、美女同士の口吸いの間に一物を割り込ませたようだ。

混じり合った吐息と唾液に包まれ、唇と舌の洗礼を受けながら、とうとう彼は絶頂に達してしまった。

「いく……、ああッ……!」

大きな快感に全身を貫《つらぬ》かれ、慈雲は身を反《そ》らせながらありったけの熱い精汁を、勢いよく大量に噴出させた。

すると、すかさず恵心がパクッと亀頭を含んで吸い付き、第一撃の分をゴクリと飲み込んでから小澄に譲った。

小澄もしゃぶり付き、夢中になって余りを吸い出してくれた。

「あうう……」

慈雲は腰を浮かせて呻き、とうとう最後の一滴まで絞り尽くしてしまった。

そしてグッタリと身を投げ出して荒い呼吸を繰り返すと、二人はなおも一緒になって鈴口を舐め回し、滲《にじ》む余りの雫を丁寧にすすってくれた。

「ど、どうか、もうご勘弁を……」

その刺激に腰をよじり、彼は過敏になった亀頭を震わせて降参した。

四

「ああ……、美味《おい》しい……、でも二人で戴くとほんの少しですね……」

「恵心様、お口の周りに……」

恵心が顔を上げて溜息混じりに言うと、小澄は言って顔を寄せ、精汁にヌメつく彼女の唇を舐め回した。

慈雲はグッタリして呼吸を整えながら、女同士のそんな仕草にまたもや興奮してきてしまった。

さらに二人は舌までネットリとからませ、熱い息を弾ませて執拗に女同士の口吸いを続けたのだ。

どちらも、今まで男日照りで慰め合ってきたのだろう。もっとも恵心の方は、小澄に施《ほどこ》す悦びだけで満足し、夫の死後は、慈雲と茶臼《ちゃうす》（女上位）で交わるまで気を遣らなかったのだろうが。

ようやく二人は唇を離し、唾液が淫らに糸を引いて煌《きら》めいた。

そして二人は並んで仰向けになりながら、慈雲を追い出した。

「さあ、今度は慈雲どのが私たちを可愛がって」

恵心が言うので、入れ替わりに身を起こした彼は、まず並んで寝ている二人の足の方に移動して屈み込んだ。

淫気が優先となると、もう全身の痛みも吹き飛び、射精したばかりというのに早くもムクムクと回復をはじめていた。やはり相手が二人となると、淫気も倍になるのかも知れない。

恵心に敬意を表し、慈雲は彼女の足裏から舐めはじめた。

柔らかな土踏まずを舐め、指の間に鼻を押しつけると、今日は普段と違い活劇を演じたから、汗と脂の湿り気と蒸れた匂いが、いつになく濃く感じられた。

慈雲は恵心の足の匂いを貪り、爪先にしゃぶり付いて指の間に舌を割り込ませて味わった。

そして全ての指の股を舐め、桜色の爪を嚙み、もう片方の足も味と匂いが薄れるまで堪能してから、隣の小澄の足裏に舌を這わせていった。

大きくて逞《たくま》しい足裏を舐め、やはりムレムレになった芳香を濃く籠もらせる指の股を嗅ぎ、爪先を含んだ。

「アア……」

恵心と違い、小澄はすぐにも熱く喘ぎ、甘えるように恵心の胸に縋《すが》り付いた。

長身で強く逞しい小澄も、恵心の前だと借りてきた猫のように可愛かった。

慈雲は小澄の匂いを貪りながら、両足とも存分に賞味し、再び恵心に戻って脚の内側を舐め上げていった。

彼女も両膝を開き、股間まで彼の顔を受け入れてくれた。

白くムッチリとした内腿を舐め、熱気の籠もる陰戸に迫った。はみ出した陰唇が、これもいつになくしっとりと潤いを帯びていた。

茂みの丘に鼻を埋め込むと、柔らかく優しい感触とともに、甘ったるい汗の匂いと悩ましい残尿臭が馥郁《ふくいく》と鼻腔を刺激してきた。

慈雲は、すっかり馴染《なじ》んだ恵心の体臭で胸を満たし、濡れた陰唇の間に舌を這わせていった。

淡い酸味の蜜汁をすすり、息づく膣口の襞を掻き回し、柔肉を舐め上げてオサネに吸い付いていった。そしてチロチロと弾くように舐めてから、恵心の腰を浮かせ、白く豊満な尻の谷間にも顔を押しつけた。

ひっそり閉じられた蕾に鼻を埋め込むと、双丘が顔中に密着して弾み、秘めやかな微香が心地よく胸に沁《し》み込んできた。

彼は美女の匂いを貪り、舌先でチロチロとくすぐるように舐めてからヌルッと潜り込ませた。そして滑らかな粘膜を味わい、恵心の前も後ろも充分に味わってから、小澄の方へと戻っていった。

引き締まった内腿を舐め上げ、陰戸に迫ると、やはり蒸れた湿り気が芳香を含んで彼の顔中を包み込んだ。陰唇はビショビショに濡れ、愛撫を待つように大きめのオサネがツンと突き立っていた。

慈雲は小澄の茂みに鼻を埋め込み、汗とゆばりの混じった体臭を嗅いだ。

匂いの刺激が悩ましく鼻腔を掻き回し、彼は舌を差し入れて膣口からオサネまで舐め上げていった。

「ああン……！」

小澄が甘えた声を洩《も》らし、恵心の胸に縋り付いた。

慈雲は執拗にオサネを舐め回し、チュッと吸い付いてから腰を浮かせ、尻の谷間に鼻を埋め込んでいった。

やはり汗の匂いに混じり、生々しい刺激が籠もり、慈雲は貪るように嗅いでから舌を這わせ、同じようにヌルッと潜り込ませて粘膜を味わった。

「あう……、いい気持ち……」

小澄が呻き、キュッと肛門で彼の舌先を締め付けてきた。

そして舌を引き抜き、再び陰戸に戻って新たな淫水をすすり、充分にオサネを愛撫した。

「い、入れたいわ……、恵心様、先にいいでしょうか……」

「ええ、お好きになさい」

小澄が待ちきれないように声を上ずらせて言うと、恵心も優しく答えた。

「入れて……」

彼女が股を開いて言うので、慈雲も身を起こし、本手《ほんで》（正常位）で股間を進めていった。

そして濡れた割れ目に先端を擦りつけ、位置を定めてゆっくり挿入していくと、良く締まる肉襞がヌルヌルッと心地よい摩擦を伝えて根元まで受け入れていった。

「ああーッ……！」

小澄が顔をのけぞらせて喘ぎ、キュッときつく締め付けてきた。

慈雲も股間を密着させ、美女の温もりと感触を嚙み締めながら身を重ね、屈み込んで小澄の乳首に吸い付いていった。

「突いて、強く奥まで……！」

彼女が言い、先に自分からズンズンと股間を突き上げてきた。

慈雲もそれに合わせて腰を遣い、小澄の左右の乳首を交互に吸い、腋の下にも顔を埋め込んで、甘ったるい汗の匂いに高まった。

しかし、あとには恵心が控えているし、さっき出したばかりなので慈雲は我慢することにした。

もちろん心地よく、何度も危うくなったが何とか堪《た》えられ、しかも小澄の方が激しく気を遣ってしまった。

「い、いく……、アアーッ……！」

激しく声を上げ、彼を乗せたまま何度も身を弓なりに反らせ、ガクンガクンと腰を跳ね上げた。膣内の収縮も最高潮になり、慈雲は股間をぶつけるように突き動かしながら、何とか自分は漏らさずに堪えきった。

やがて小澄が硬直を解いてグッタリとなり、キュッキュッと名残惜しげに膣内が収縮を繰り返した。

慈雲は重なったままじっとし、やがて小澄が呼吸を整えはじめる頃、勃起したままの一物をヌルリと引き抜いた。

すると恵心が身を起こし、場所を空けたので、彼はそこに仰向けになった。

やはり恵心は、茶臼で行ないたいようだ。

「いいですか……」

恵心が心なしか期待に目を輝かせ、声を震わせて言い、彼の股間に跨がってきた。

そして小澄の淫水にまみれた先端を陰戸にあてがい、感触を味わうように息を詰めて、ゆっくりと腰を沈み込ませた。

張りつめた亀頭が潜り込むと、あとはヌメリと重みでヌルヌルッと滑らかに根元まで受け入れていった。

「く……」

恵心が目を閉じ、顔を上向けて呻き、深々と陰戸に呑み込んで座り込んできた。

慈雲も、心地よい肉襞の摩擦に酔いしれ、股間に恵心の重みを受け止めながら温もりと感触を味わった。

彼女は密着した股間を擦りつけるように動かし、豊かな乳房が揺れた。

小澄も、生まれて初めて見る恵心の情交に、息を呑んで隣から見守っていた。

何度か腹部をうねらせて動いてから、恵心は身を重ねてきた。

慈雲が抱き留めると、横から小澄も肌を密着させてきた。

彼は顔を上げ、潜り込むようにして恵心の乳首を吸い、舌で転がし、柔らかな膨らみに顔中を埋め込んだ。

そして左右の乳首を交互に味わってから、腋の下にも鼻を埋め込み、色っぽい腋毛に籠もった汗の匂いを吸収し、胸の奥まで甘ったるい芳香で満たした。

やがて徐々に股間を突き上げると、

「アア……！」

恵心が顔をのけぞらせて喘ぎ、キュッキュッと膣内を収縮させ、自分からも腰を遣いはじめた。

「け、恵心様……」

小澄は、感じている彼女を見て目を丸くしていた。

恵心の腰の動きは次第に激しくなり、粗相したかのように溢れる蜜汁がクチュクチュと淫らに湿った音を響かせた。

慈雲も、二人の美女を抱き寄せながら激しく突き上げた。

五

「ああッ……、き、気持ちいい……！」

恵心が熱く喘ぎ、感極まったように上から激しく慈雲に唇を重ねてきた。

すると、恵心の高まりが伝わったかのように、横から小澄も唇を割り込ませてきたのだ。

慈雲は股間を突き上げながら、それぞれの舌を舐め回した。

どちらも滑らかで、生温かくトロリとした唾液に濡れて美味しかった。

彼は二人分の唾液を飲み込んでうっとりと酔いしれ、混じり合った息の匂いに激しく高まっていった。

恵心の息は花粉のように甘く、小澄の息は甘酸っぱい果実の匂いだ。

それが左右の鼻の穴から侵入して鼻腔を刺激し、悩ましく胸に沁み込んでいった。

しかも三人が鼻を突き合わせて舌を舐め合っているから、狭い内部に混じり合った息が籠もり、慈雲の顔中が湿り気を帯びるほどだった。

「唾を、もっと……」

慈雲が言うと、二人も心得ているから、ことさらに大量の唾液を分泌させ、グジュグジュと注ぎ込んでくれた。

慈雲は小泡の多い粘液を二人分味わい、心地よく喉を潤し、美酒にでも酔ったように全身がぼうっとなってきた。

さらに二人は彼が求める前に、舌先でチロチロと左右の鼻の穴を舐めてくれ、頬から耳、鼻筋から瞼《まぶた》まで舐め回してくれた。

たちまち慈雲の顔中は美女たちの唾液でヌルヌルにまみれ、吐息と唾液の匂いに包まれた。

「い、いく……！」

とうとう慈雲は大きな絶頂の渦に巻き込まれてしまい、ありったけの熱い精汁をドクドクと恵心の内部にほとばしらせながら呻いた。

「き、気持ちいいッ、いく……、アアーッ……！」

恵心も、噴出を受け止めた途端に気を遣り、激しく喘ぎながらガクンガクンと狂おしく全身を波打たせた。膣内の収縮も最高潮になり、慈雲は心置きなく最後の一滴まで出し尽くした。

さすがに小澄も舌を引っ込め、恵心の凄まじい絶頂に目を見張っていた。

慈雲は徐々に突き上げを弱めてゆき、満足して力を抜いていった。

「ああ……、良かった……」

恵心も声を上ずらせて口走り、熟れ肌の強ばりを解いてグッタリと彼に体重を預けてきた。

慈雲は、二人分のかぐわしい息を間近に嗅ぎながら、うっとりと快感の余韻を味わい、まだ収縮する膣内に刺激され、ヒクヒクと幹を脈打たせた。

「あう……、もう堪忍……、感じすぎるわ……」

内部の天井を刺激されると、恵心も過敏に反応して声を洩らし、キュッときつく締め付けてきた。

「恵心様……、すごい……、やはり女同士では、ここまで感じないのですね……」

小澄が感嘆の声を洩らした。

やがて荒い呼吸を繰り返しながら、恵心がそっと股間を引き離し、小澄とは反対側にゴロリと横たわった。

小澄は一物に屈み込み、混じり合った体液にまみれた亀頭にしゃぶりつき、ヌメリをすすってから、さらに恵心の陰戸にも念入りに舌を這わせ、綺麗にしてやったのだった……。

——三人で湯殿に入り、身を寄せ合って身体を洗い流した。

風呂桶には冷めた残り湯しかないが、たちまち狭い湯殿には、二人分の女の匂いが生ぬるく立ち籠め、また慈雲は回復してきてしまった。

そして湯殿だと、どうにも彼は例のものを求めてしまうのだった。

「ね、こうして下さい……」

慈雲は簀《す》の子に座ったまま言い、二人を左右に立たせ、それぞれの肩を跨いでもらった。

「どうか、ゆばりを……」

言うと、恵心もまだ興奮冷めやらぬ様子で、彼の肩を跨いだまま股間を突き出し、下腹に力を入れはじめてくれた。

小澄も、少し驚いたようだが、何しろ恵心がその気になっているので、自分も後れを取るまいと同じように力みはじめた。

慈雲は、左右から迫るそれぞれの割れ目に口を押し当て、舌を這わせた。

もう二人とも、湯に濡れた恥毛に体臭は籠もっていないが、陰唇の内側からは新たな淫水が溢れてきたようで、生ぬるく淡い酸味のヌメリとともに舌の動きが滑らかになっていった。

「アア……、出ますよ……」

先に恵心が息を詰めて言い、白い下腹をヒクヒクと波打たせた。

舐めていると、たちまち温もりが変化し、熱い流れがチョロチョロとほとばしってきた。

慈雲は口に受け、淡い味と匂いを嚙み締めながら喉に流し込んだ。

すると間もなく、反対側にいる小澄の陰戸からも、温かなゆばりがほとばしり、彼の肩に注がれてきた。

慈雲はそちらに向き直り、小澄の流れも口に受けて味わった。

恵心より味と匂いが濃く、これも実に味わい深かった。二人の流れは胸から腹に伝い、勃起した一物を温かく浸してきた。

「ああ……、変な気持ち……」

ゆるゆると放尿しながら小澄が喘ぎ、二人とも驚くほど長々と、しかも遠慮なく勢いを付けて注いでくれた。

慈雲は混じり合った匂いに酔いしれながら、左右交互に口を付けてすすった。

やがて恵心の流れが治まり、彼は割れ目内部を舐め回して余りの雫を舐め取った。

すぐに新たな蜜汁が溢れ、たちまち舌の動きが滑らかになって、淡い酸味のヌメリが満ちていった。

その間も小澄のゆばりが温かく肌に注がれていたが、それも出尽くしたようだ。向き直り、小澄の割れ目も念入りに舐め回して雫をすすると、彼女も新たな淫水を大量に漏らしてきた。

「アア……、また、したくなってしまいました……」

小澄が息を弾ませ、恵心に許可を求めるように言った。

「ええ、秋の夜長に、眠くなるまで戯《たわむ》れましょう」

恵心が言い、やがて慈雲が充分に味わって舌を引っ込めると、二人も股間を引き離した。そしてもう一度三人で身体を洗い流してから湯殿を出ると、身体を拭いて全裸のまま布団に戻ったのだった。

小澄は、すぐにも彼の一物に頬ずりしてきた。

「ああ、妬《ねた》ましい……。これがあれば、あんなに恵心様を悦ばせられるのね……」

彼女は呟《つぶや》き、先端にしゃぶり付いてきた。

するとと恵心も、小澄の淫気が伝わったように、彼のふぐりに舌を這わせてきたのである。

「ああ……」

慈雲は喘ぎながら、小澄の下半身を引き寄せ、顔に跨がらせた。小澄も、肉棒を含みながら身を反転させて彼の顔に陰戸を押しつけ、女上位の二つ巴《どもえ》の体勢になってくれた。

さらに恵心が彼の脚を浮かせ、ふぐりから肛門を舐め回した。

何という贅沢な快感だろう。小澄の陰戸を舐め、一物を舐めてもらい、さらに肛門には恵心の舌先がヌルッと潜り込んだのである。

小澄の陰戸は、淡い酸味の蜜汁が大洪水になり、舐め取るというよりも飲み込めるほど滴《したた》ってきた。

慈雲は夢中になってヌメリをすすり、突き立ったオサネに吸い付いた。

「ンンッ……！」

感じるたび、小澄は熱く呻いて反射的にチュッと強く彼の亀頭を吸った。

恵心も、彼の肛門に潜り込ませた舌をクネクネと蠢かせ、出し入れさせるように愛撫してくれた。

二人の美女の鼻息がふぐりで混じり合い、たちまち慈雲自身はムクムクと最大限に膨張していった。

やがて小澄は充分に高まると、スポンと口を引き離し、身を起こしてきた。

「今度は、私が上……」

彼女は言い、仰向けの慈雲の股間に跨がってきた。恵心も、彼の尻から離れて添い寝してきた。そして小澄は、一物をヌルヌルッと陰戸に受け入れ、完全に座り込んできた。

「ああッ……、奥まで当たるわ……」

小澄が顔をのけぞらせて喘ぎ、グリグリと股間を擦りつけてきた。

慈雲は熱く濡れた柔肉にキュッときつく締め付けられ、添い寝している恵心の胸に縋りながら快感を嚙み締めた。

恵心も、そっと色づいた乳首を含ませ、優しく肌を密着させてくれた。

小澄も身を重ね、次第に本格的に腰を遣いはじめ、上から彼に唇を重ねてきた。

すると横から恵心も唇を割り込ませ、また三人でネットリと舌を絡め合った。

慈雲は、混じり合ったかぐわしい吐息と生温かな唾液を心ゆくまで吸収し、この日何度目かの絶頂を迫らせた。

「アア……、い、いく……！」

やがて小澄が、激しく声を上ずらせて気を遣り、彼自身をきつく締め上げてきたのだった……。

第五章　武家の妻は淫《みだ》らな匂い

一

「あの破落戸《ごろつき》一味は、みな捕まった。一網打尽《いちもうだじん》だ」

手習いも終えた恵心の留守中、玄庵が来て慈雲に言った。

「そうですか。それは良かったです」

「まあ余罪も多いだろうからな、伝馬町《てんまちよう》から島送りだろうさ」

「あの、柴田という浪人ものは？」

慈雲は、気になっていたことを訊いた。

「さあ、それはどうかな。雇われて間もないし、何の悪事にも手を染めていないとすれば無罪放免。せいぜい、寄せ場の仕事へ回される程度だろうが、それも長いことではなかろうな」

「そうですか。でも一味がいなくなったのだから安心です」

「うん、それより打ち身の方はどうだ」

「はい、もうすっかり良くなりました」

慈雲が答えると、そのとき外から、

「御免下さいまし」

と訪《おとな》う声が聞こえてきた。

「おや、客か。あれは若い女だな。では儂《わし》は帰る」

玄庵が立ったので、慈雲も見送りと客の出迎えに玄関へ行った。

「まあ、坊主も男だから少しぐらいなら良いが、おぬしは普通の男より恵まれていそうだ。女には、気をつけるんだぞ」

玄庵が囁《ささや》き、草履《ぞうり》を履いた。

やはり何となく女色に溺《おぼ》れているのが分かるのだろうか。慈雲は曖昧《あいまい》に辞儀《じぎ》をし、やがて玄庵は待っていた客に会釈《えしやく》して帰っていった。

入れ替わりに、二十代前半の女が入ってきて慈雲に頭を下げた。

丸髷《まるまげ》に眉《まゆ》を剃《そ》り、お歯黒を塗った奥方だ。

「私は、吉野小澄の姉で多恵《たえ》と申します。小澄はお邪魔しておりますか」

なるほど、どことなく似通った美形だが、小澄より淑《しと》やかそうだ。

「あ、慈雲と申します。小澄様は、恵心様の買い出しに日本橋まで同行し、夕刻に戻ると仰《おつしや》っておりました」

「左様ですか。やはり、いつもこちらにはお邪魔を？」

「ええ、よろしかったらお上がりになりますか」

玄関の立ち話も何なので慈雲が言うと、多恵も悪びれず上がってきた。

座敷に通し座布団を出し、慈雲も正面に端座した。

「小澄には、困っております。私が婚儀の話を勧めると、まだ早いと逃げてばかり、もう二十歳《はたち》なのに」

多恵が、溜息混じりに言った。

「はあ、剣術に夢中なのですね」

「確かに、あの背丈ですから、所帯を持つより剣を極めたいのでしょうが、それでも夫になりたいという殿方は少なくないのに」

確かに、旗本であの美形なら、いくらでも引く手数多《あまた》であろう。

そして多恵は、にじり寄り、二人きりなのに声を潜《ひそ》めて言った。

「昔から、あの娘《こ》は男になりたいとばかり申しておりました。だから男の方を好くより、自分が男として、見目麗《みめうるわ》しい女の方にばかり心を奪われていたのです」

「ははあ、そうですか……」

「こちらの恵心様も、神々しいほどにお美しいので、おそらく懸想《けそう》しているのではと危惧《きぐ》しております」

なかなかに、多恵の洞察力は鋭かった。

「そこで、慈雲様を見て思いついたことがあります。貴方様が小澄に、女としての悦《よろこ》びを教えて頂けないものでしょうか」

「え……？」

唐突に言われ、慈雲は目を丸くした。

「いえ、前からそのような殿方がいればと思っていたのですが、そこらの侍だと、小澄の方が強いですから、誘惑でもしようものなら苦もなく叩きのめしてしまうでしょう。しかしお坊様なら、そうした振る舞いにも及びませぬでしょうし、また、懇《ねんご》ろになったところで所帯を持とうとは思わぬはず」

筋は通っていそうだが、やはり普通ではない。まあ、妹がいつまでも独《ひと》りでは困るとの思いの現れなのだろう。

「ねえ、そのようにお願いできませんか。人助けと思って」

多恵が、さらににじり寄って言い、ふんわりと甘い匂いを漂《ただよ》わせた。

「し、しかし私は、どうして良いものやら……」

慈雲は、ここでもまた無垢《むく》のふりをしてしまった。

「ああ、お坊様だから、何もご存じないのですね。それは無理もございません」

多恵も納得し、なおも自分の思いつきに執着した。

「では、こうしたらいかがでしょう。後学のため、陰戸《ほと》を拝ませてくれないかと小澄に頼み、最も感じるオサネをいじってしまうのです」

淑やかで気品のある多恵が、ものすごい提案をしてきた。

すでに慈雲は小澄と懇ろになっているから良いようなものの、もしまだ指一本触れていなかったら、怖くてとてもそのようなことは言えるものではなかった。

「オ、オサネとは……、私には皆目……、多恵様が、まず見せて教えて頂けると有難《ありがた》いのですが……」

慈雲はオドオドと言いながら、多恵よりずっと上手の切り返しをした。

「わ、私が……？」

「はい、多恵様にお見せ頂けるなら、小澄様とも上手くいくような気が致します」

さすがにためらう多恵を見て、慈雲は激しく勃起しながら言った。

「しょ、承知致しました……」

多恵が意を決して頷《うなず》いたので慈雲も立ち上がり、手早く床を敷き延べてしまった。

「では、どうかお脱ぎ下さいませ」

慈雲が、いつしか主導権を握って言うが、多恵はその逆転にも気づかず、羞恥《しゅうち》と期待にか、頰《ほお》から耳朶《みみたぶ》まで染めて立ち上がり、優雅な仕草で帯を解きはじめた。

「私だけでは恥ずかしいので……」

「はい、では私も脱ぎましょう」

言われて、慈雲も僧衣を脱ぎはじめた。

そして彼が全裸になると、多恵も背を向けて襦袢《じゆばん》を脱ぎ去り、白く滑《なめ》らかな背中を露《あら》わにした。さらに腰巻きを脱ぎ去り、たちまち一糸まとわぬ姿になって、ゆっくりと布団《ふとん》に横たわった。

肌は透けるように白く、小澄と違って剣術はあまりせず、脂《あぶら》の乗った肉づきが実に艶《なま》めかしかった。

「では、陰戸をお見せ下さいませ」

「ああ……」

慈雲が興奮に胸を高鳴らせて言い、腹這《ば》いになって股間に顔を潜《もぐ》り込ませると、多恵も喘《あえ》ぎながら、僅《わず》かに立てた両膝《りょうひざ》を開いてきた。

白くムッチリと張りつめた内腿《もも》の間に鼻先を進めると、迎えるように熱気と湿り気が顔中を包み込み、慈雲は中心部に目を凝《こ》らした。

こんもりと茂る黒々と艶《つや》のある恥毛の下の方が、すでに蜜汁に濡《ぬ》れて露《つゆ》を宿し、はみ出した陰唇は興奮に色づいていた。

「アア……、恥ずかしい……」

多恵が内腿を震わせ、声を上ずらせて喘いだ。

やはり武士の夫の前では、このように明るい場所で股を開いたことなど一度もないのだろう。

「どうか、お教え下さいませ」

股間から言うと、多恵がそろそろと両手を股間に伸ばしてきて、両の人差し指でグイッと陰唇を広げて見せてくれた。

「ここが陰戸の穴で、ここに殿方のものを入れるのです……」

多恵が小さく言い、息づく膣口を指した。そこは襞《ひだ》が細かに入り組み、ヌメヌメと妖《あや》しく蜜汁に潤《うるお》っていた。

「オサネは？」

慈雲は、知っていながら多恵の反応を楽しむように訊いた。

「ここにある小さな豆です。陰戸に入れると最初は痛いけれど、ここは生娘《きむすめ》でも、たいそう感じるようになっています……」

「触れて構いませんか」

「最初はそっと、優しく……」

言いながらも、多恵は期待に膣口を収縮させ、さらに淫水を漏らしてきた。

慈雲はそっと指の腹で、小指の先ほどの突起をクリクリといじった。

「あう……！」

多恵が、ビクリと肌を震《ふる》わせて呻《うめ》いた。

「舐《な》めたら、もっと心地よいでしょうか」

「そ、それはそうですが、お坊様がそのようなこと……」

言うと、多恵は驚いたように声を震わせた。

「人の身体に、汚いところなどございませんので。それに、とても美味《おい》しそうに濡れています」

慈雲は言いながら、吸い寄せられるように顔を埋め込んでいった。

柔らかな茂みに鼻を擦《こす》りつけて嗅《か》ぐと、やはり汗とゆばりの入り交じった匂いが生ぬるく濃厚に籠《こ》もり、悩ましく鼻腔《びこう》を刺激してきた。

彼は何度も貪《むさぼ》るように美女の体臭を嗅ぎ、やがて舌を這わせて差し入れ、息づく膣口の襞を掻《か》き回し、滑らかな柔肉をたどって淡い酸味のヌメリをすすり、ツンと突き立ったオサネまで舐め上げていった。

二

「ああッ……、き、気持ちいいッ……！」

多恵が身を弓なりに反《そ》らせて喘ぎ、内腿でキュッときつく慈雲の両頬を挟み付けてきた。

彼も腰を抱え、チロチロと弾《はじ》くようにオサネを舐め回し、新たに溢れる淫水を吸った。色白の下腹がヒクヒクと波打ち、恐らく多恵は夫にされたことのない愛撫《あいぶ》に朦朧《もうろう》となっていた。

さらに慈雲は彼女の脚を浮かせ、白く丸い尻の谷間にも鼻を埋め込み、顔中に双丘を密着させながら、蕾《つぼみ》に籠もる微香を貪った。

そして舌を這わせると、細かな襞が磯巾着《いそぎんちゃく》のように収縮し、彼は充分に濡らしてからヌルッと潜り込ませ、滑らかな粘膜を味わった。

「あう……！　い、いけません、そのようなところ……」

多恵は驚いたように言い、キュッと肛門で彼の舌先を締め付けて呻いた。

構わず舌を出し入れさせるように蠢《うごめ》かし、充分に愛撫してから脚を下ろし、再び陰戸に舌を這わせていった。

「も、もう堪忍《かんにん》……、気持ち良すぎて、何やら恐ろしいです……」

と、多恵が腰をよじって降参した。早く入れてほしいのかも知れないが、あまりの快感に恐れを成したのも確かなようだった。

慈雲は無理強《じ》いせず陰戸から離れ、ムッチリとした脚を舐め下りていった。

そして足裏に舌を這わせ、縮こまった指の間に鼻を割り込ませて嗅ぐと、やはり汗と脂に湿り、蒸れた匂いが濃く籠もっていた。

爪先《つまさき》にしゃぶり付き、指の股にヌルッと舌を潜《もぐ》り込ませると、

「アアッ……！」

多恵がビクリと脚を震わせ、熱く喘いだ。

「な、なぜそのようなことを……、あうう……！」

彼女は呻きながらも、心地よさそうに彼の口の中で爪先を震わせた。

慈雲は、もう片方の足にもしゃぶり付き、念入りに指の股を賞味し尽くした。

そして美しき奥方の下半身を網羅すると、慈雲はいったん這い上がって添い寝し、多恵に腕枕してもらった。

「ああ……、こんな気持ち、初めてです……」

彼女が息を弾ませ、ギュッと彼の顔を胸に抱きすくめてきた。

慈雲は腋《わき》の下に鼻を埋め込み、色っぽい腋毛の隅々に籠もる甘ったるい汗の匂いで鼻腔を満たし、目の前にある豊かな膨《ふく》らみに手を這わせた。

と、濃く色づいた乳首に、ポツンと白い雫《しずく》が浮かび上がっていた。

どうやら多恵には赤子がいるようだ。それで子供を実家に預け、寺へ顔を出したのだろう。

慈雲は、充分に腋の下の匂いを嗅いでから顔を移動させ、乳汁の滲《にじ》む乳首にチュッと吸い付いていった。

もう片方の膨らみもいじりながら乳首を舐め、分泌される乳汁を吸った。

最初は要領が分からず、なかなか出てこなかったが、やがて唇《くちびる》で乳首の芯《しん》を挟んで強く吸うと、ヌルリと生ぬるい乳汁が溢《あふ》れてきた。

それはうっすらと甘く、彼の口の中にもいっぱいに乳汁の匂いが満ちてきた。

「アア……、飲んで、もっと……」

多恵が喘ぎながら、彼の顔をグイグイと豊かな膨らみに押しつけてきた。

慈雲はもう片方の乳首にも移動して含み、すっかり要領を得て吸い出しながら喉を潤した。

「あうう……、いい気持ち……」

左右の乳首を交互に吸われ、多恵は熟《う》れ肌を波打たせながら呻いた。

慈雲も、すっかり勃起した一物を、彼女の太腿に押しつけると、彼女も気づいたようにそろそろと指を這わせてきた。

「ああ……」

慈雲は快感に喘ぎ、受け身になるように仰向けになっていった。

すると多恵も、本格的に強《こわ》ばりを握り、微妙に指を動かして愛撫してくれた。

「お坊様でも、こんなに立つのね……」

彼女は呟くように言い、徐々に顔まで寄せてゆき、近々と肉棒を見つめた。

慈雲は股間を浮かせ、彼女の鼻先に先端を突きつけた。

「私にもお口でしろと……？」

多恵は察して言ったが、さすがに少しためらったようだ。

それでも彼がせがむように幹を震わせると、ようやく唇を寄せてきた。

熱い息が股間にかかり、先端にそっと柔らかな唇が触れ、間からヌラリと舌が伸びて鈴口の粘液を舐め取ってくれた。

「アアッ……！」

慈雲が声を上げると、それで多恵の心に残っていた僅かなためらいも吹き飛んだように、ヌラヌラと次第に大胆に舌が這い回り、丸く開いた口でスッポリと呑《の》み込んできた。

さらにモグモグと喉の奥まで含むと、彼自身は温かく濡れた美女の口腔に根元まで包み込まれた。慈雲は快感を嚙《か》み締め、多恵の口の中で唾液にまみれた幹をヒクヒクと震わせた。

多恵も、ネットリと舌をからみつけ、優しく吸い付いてくれた。

「ど、どうか……、入れて下さいませ……」

やがて充分に高まった慈雲が言うと、多恵もスポンと口を引き離した。

「私が上に?」

「はい……、私が上になって奥方を犯すわけに参りませんので……」

慈雲は、何のかんのと言いながら好きな茶臼《ちゃうす》（女上位）に持っていった。

多恵も淫気に突き動かされ、身を起こして彼の股間に跨《また》がってきた。

先端を濡れた陰戸に押しつけ、恐らく上になるのは初めてらしく、ぎこちなく位置を合わせながら腰を沈み込ませてきた。

張りつめた亀頭が潜り込むと、

「ああーッ……！」

多恵は今にも気を遣《や》りそうに声を上ずらせながら、やがてヌルヌルッと根元まで受け入れて股間を密着させた。

慈雲も肉襞の摩擦《まさつ》と温もり、きつい締め付けに酔いしれながら股間に重みを受け止めた。そして乳房を揺すって悶《もだ》える多恵を抱き寄せ、顔を上げて濃く色づいた乳首を含んだ。

吸い付くと、また新たな乳汁が滲みはじめていた。

「もっと飲んで……」

多恵も次第に夢中になって言い、自ら両の乳首を指で摘《つま》んだ。すると白濁した乳汁がポタポタと彼の口に滴《したた》り、さらに霧状になったものが無数の乳腺から噴出し、顔中を生温かく濡らした。

それを多恵が、淫らに舌を伸ばし、顔中を舐め回しはじめたのだ。

「ああ……、気持ちいい……」

慈雲は喘ぎ、股間を突き上げはじめた。

多恵の、お歯黒の歯並びの間からは熱く湿り気ある息が洩《も》れ、小澄に似た甘酸っぱい芳香を放っていた。果実臭に、ほんのり混じる金臭い匂いは、鉄漿《かね》の成分かも知れない。

とにかく、お歯黒が塗られていると、なおさら歯茎《はぐき》や舌の桃色が強調されて艶《なま》めかしく、慈雲は美しい奥方の口の匂いと、乳汁の甘さに包まれながら激しく高まっていった。

「ンンッ……！」

多恵も上からピッタリと唇を重ね、熱く鼻を鳴らしながら執拗《しつよう》に舌をからみつかせてきた。慈雲は美女の舌を吸い、生温かな唾液で喉を潤しながらたちまち昇り詰めてしまった。

「ク……！」

突き上がる快感に呻き、熱い大量の精汁をドクンドクンと勢いよくほとばしらせ、股間をぶつけるように突き動かし続けた。

「アアッ……！　い、いく……！」

すると噴出を受け止めた多恵も、淫らに唾液の糸を引きながらのけぞり、声を上げながらガクンガクンと狂おしく全身を痙攣《けいれん》させはじめた。

気を遣ると同時に、膣内の収縮も高まり、慈雲は心置きなく最後の一滴まで出し尽くし、徐々に動きを弱めていった。

「ああ……、すごいわ……、こんなの初めて……」

多恵は、何度も何度も絶頂の波が押し寄せてくるように、息も絶えだえになって言った。

ようやく慈雲が満足して動きを止めると、多恵も全身の強ばりを解いてゆき、グッタリと彼に体重を預けてもたれかかってきた。

慈雲も重みを受け止め、彼女の熱くかぐわしい息を間近に嗅ぎながら快感の余韻を味わった。まだ膣内は、断続的にキュッキュッと締まり、刺激された亀頭が過敏にピクンと反応した。

「あう……」

多恵が、駄目押しの快感に呻きながらきつく締め付け、やがてゆっくりと力を抜いていった。

「どうか、こんなふうに、小澄に女の悦びを教えてあげて……。でも、私がここへ来たことは、絶対に内緒にして……」

「分かりました。もちろんです……」

多恵が荒い息遣いとともに囁くと、慈雲も小さく答えた。姉と交わったなどと知ったら、小澄に叩っ斬られるかも知れない。

二人は呼吸を整えるまで、いつまでも汗ばんだ肌を重ね合わせていた。

それにしても慈雲は、千香と香代の母娘のみならず、多恵と小澄の姉妹とも情交してしまい、自分の業の深さに恐れおののいたのだった……。

三

「やあ、いつも有難う」

慈雲は、また野菜を持ってきてくれた香代に言った。

香代も、どうやら恵心が檀家《だんか》回りをして、慈雲一人しかいない頃合いを見計らってくるような節があった。

だから慈雲もすぐに淫気を催《もよお》し、香代を部屋に上げて床を敷き延べてしまった。

何しろ彼にとって、香代は唯一自分が上の立場で扱える娘なのだ。小澄も生娘だったが、知った女たちの中で香代だけが年下なのである。

「何をするの?」

「分かっているくせに。可愛い香代ちゃんの身体中を食べてしまうのだよ。だから、さあ、早く全部脱いで」

慈雲は、自分も僧衣を脱ぎ去りながら言った。

香代も、羞《は》じらいながらモジモジと帯を解いて着物を脱ぎ、見る見る健康的な小麦色の肌を露わにしていった。

やがて一糸まとわぬ姿になった香代を仰向けに横たえると、全裸になった慈雲は彼女の足裏から舐めはじめた。

「あん、またそんなところを……」

香代は息を震わせて言ったが、もう慈雲のことも承知しているので、じっとされるままになっていた。

彼は可愛い足裏を舐め回し、指の股にも鼻を埋め込んで嗅いだ。今日も昼前まで畑仕事をしていたのだろう。そこは汗と脂に生温かく湿り、蒸れた芳香を濃く籠もらせていた。

「なんて、いい匂い」

「やあん、嘘よ、そんなこと……」

慈雲が嗅ぎながら言うと、香代は激しい羞恥に腰をよじって答えた。

彼は桜色の爪を嚙み、爪先にしゃぶり付いて順々に指の間にヌルッと舌を割り込ませて味わった。

「ああッ……、駄目、くすぐったいし、汚いわ……」

香代がクネクネと悶えながら言い、彼の口の中で指先を縮めた。

慈雲は隅々まで賞味し、もう片方の足指も念入りにしゃぶってから彼女を俯《うつぶ》せにさせた。

香代が素直に腹這いになると、慈雲は踵《かかと》から脹《ふく》ら脛《はぎ》を舐め上げ、汗ばんだヒカガミからムッチリした太腿、尻の丸みを舌先でたどってから、ゆっくりと腰と背中を舐め上げていった。

「あん……！」

香代は、どこを舐めてもくすぐったそうにビクッと反応し、顔を伏せたまま声を洩らした。

肌はスベスベの舌触りで、うっすらと汗の味がした。肩まで行くと、彼はまだ乳臭い髪に顔を埋めて嗅ぎ、耳朶《みみたぶ》を吸い、耳の穴にも舌先を差し入れてクチュクチュと蠢かせた。

香代は肩をすくめてじっと息を殺し、たまに肌を震わせた。

慈雲はうなじを舐め、脇腹も舌と歯で愛撫し、尻まで戻ってきた。美少女の尻の丸みは何とも柔らかく弾力があり、きめ細かく神聖な肌触りだった。

彼は頬ずりしているだけで心地よく、舌を這わせ、たまに双丘に軽くキュッと歯を立てた。

「う……」

刺激が走るたび、香代は息を詰めて呻いた。

やがて彼は両の親指でムッチリと谷間を広げ、奥でひっそり閉じられている薄桃色の蕾に鼻を埋め込んだ。

汗の匂いに混じった、秘めやかな微香を貪り、顔中にひんやりする丸みを感じながら慈雲は舌を這わせていった。震える襞を念入りに舐め回し、ヌルッと潜り込ませて滑らかな内壁も味わった。

「く……、駄目です、汚いから……」

香代が尻をぷりぷりと動かしながら呻き、潜り込んだ舌先を肛門でモグモグと締め付けてきた。慈雲も執拗に舌を蠢かせていると、やがて彼女が尻を庇《かば》うようにゴロリと寝返りを打ってきた。

慈雲は彼女の片方の脚をくぐり抜けて、仰向けになった香代の股間に顔を迫らせていた。

すでに熱気が籠もり、清らかな陰戸は大量の蜜汁にヌラヌラとまみれていた。

彼は鼻先を寄せ、そっと陰唇を広げて中を観察した。

快楽を覚えはじめている膣口はヒクヒクと可憐《かれん》に息づき、ポツンとした尿口も愛らしく見えていた。包皮を押し上げるように突き立ったオサネも、精一杯光沢を放って愛撫を待っているようだった。

「可愛いよ、とっても。それにいい匂い」

「いや……、恥ずかしいから言わないで下さい……」

股間から言うと、香代は羞恥に下腹をひくつかせて答えた。

「舐めてって言ってみて」

「あん……、困ったわ……、ど、どうか、舐めて下さい……、アアッ！」

香代は、自分の言葉に激しく羞じらい、両手で顔を覆《おお》ってしまった。

慈雲も、もう焦《じ》らさず顔を埋め込み、柔らかな若草に鼻を擦りつけて嗅いだ。

隅々には、やはり甘ったるい汗の匂いと、可愛らしい残尿臭が悩ましく籠もり、彼の鼻腔を心地よく掻き回してきた。

慈雲は何度も嗅ぎながら舌を這わせ、陰唇の内部の、生温かなヌメリを丁寧に味わっていった。

収縮する膣口の襞をクチュクチュと掻き回すように舐め、淡い酸味の蜜汁をすすり柔肉をたどってオサネまで舐め上げていくと、

「アアーッ……!」

香代がビクッと顔をのけぞらせて喘ぎ、内腿でムッチリと彼の顔をきつく締め付けてきた。

慈雲は美少女の腰を抱え込みながらオサネを舐め、ときに上唇で包皮を剝《む》き、露出した突起をチュッチュッと軽やかに吸ってやった。

「あうう……、それ、気持ちいい……」

香代が声を上ずらせて言い、彼も執拗にオサネを刺激した。僅かの間に、割れ目内部にはネットリとした大量の淫水が溢れ、彼はすすりながら美少女の味と匂いを心ゆくまで貪った。

そしてオサネを吸いながら、指で膣口を探り、充分に蜜汁をまとわりつかせてからそろそろと内部に潜り込ませていった。最初は浅い部分をクチュクチュと小刻みに摩擦し、さらに深く入れて天井を圧迫した。

「く……、そこをいじると、何だかゆばりが漏れてしまいそうです……」

香代が息を詰めて言い、本当に尿意を催したように下半身をモゾモゾさせた。

「いいよ、じゃ上になって」

慈雲はヌルッと指を引き抜いて言い、彼女の腰を抱えたまま仰向けになった。

「あん……、駄目です、こんなこと……」

香代はむずかるように身を縮めて言ったが、慈雲は下から彼女の股間を抱き寄せ、再びオサネに吸い付き、指を潜り込ませて天井を刺激した。

淫水の量は増し、彼女の反応も気を遣りそうに激しくなっていた。

しかし慈雲の顔に座り込むわけにいかないので、香代は四《よ》つん這《ば》いになって彼の顔の上で身を縮めた。

慈雲は指の圧迫を続けながら、オサネと柔肉を舐め回し、吸引した。

「あうう……、本当に出ちゃう……、アアッ……！」

香代が息を詰めて言い、とうとうピクンと下腹を震わせて喘ぐと、急に味わいが温かくなった。

慈雲は指を引き抜き、本格的に割れ目に口を押し当てた。

温かな流れが溢れて滴り、すぐに一条の緩やかな流れになっていった。

「ク……」

彼は喉に詰めて咳《せ》き込まぬよう注意しながら受け止め、味わう余裕もなく夢中で喉に流し込んだ。前のときも思ったが、他の誰よりも香代の出したものは味も匂いも薄く、すんなり喉を通過した。

そして、今の尿意は膣内の天井を刺激されたために起きた錯覚に近く、それほど溜まっていなかったようで、流れは一瞬強まったものの、すぐにそれで終わりになってしまった。

慈雲も、こぼさず全て飲み干すことが出来、なおも割れ目内部に舌を這わせて余りの雫をすすった。

「アア……！」

香代も喘ぎ、ヒクヒクと肌を震わせて反応していた。

舐めているうち、新たな淫水が大量に溢れ、残尿を洗い流して淡い酸味のヌメリが満ちてきた。

彼女は何度か痙攣を繰り返し、気を遣る波を受け止めているように身悶えていた。

そして、それ以上の刺激を拒むように腰をよじり、とうとう彼の顔から股間を引き離し、ゴロリと横になってしまった。

慈雲もそろそろと移動し、年下の美少女に甘えるように腕枕してもらい、柔らかな胸に顔を埋め込んだ。

汗ばんだ胸元や腋からは、何とも甘ったるい体臭が漂い、彼女の喘ぐ口からは実に甘酸っぱい芳香の息が洩れていた。

彼は美少女の匂いに包まれながら、チュッと桜色の乳首に吸い付いていった。

四

「あん……、じ、慈雲様ぁ……」

香代が甘えるように喘ぎ、彼の顔を胸に抱きすくめた。

慈雲も乳首を舌で転がし、充分に愛撫してからもう片方を吸い、顔中を張りのある膨らみに押しつけた。

そして両の乳首を交互に舐め回してから、腋の下にも顔を埋め込んだ。

汗に湿った和毛《にこげ》には、胸の奥が切なくなるほどに甘ったるい体臭が濃厚に籠もっていた。

舌を這わせると、また彼女はくすぐったそうに身をよじって息を弾ませた。

慈雲は美少女の匂いに噎《む》せ返り、今度は受け身になるべく、そろそろと仰向けになっていった。

そして香代を上にさせ、彼は乳首を舐めてもらった。

彼女も熱い息で肌をくすぐりながら、チロチロと乳首を舐め、チュッと吸い付いてくれた。

「強く噛んで」

「ええっ？　そんなこと出来ません……」

「そうして欲しいから、どうか」

慈雲が懇願すると、香代は綺麗な歯並びで乳首を挟み、「これぐらい？」と言うふうにチラと目を上げた。

「もっと強く……、アア……、気持ちいいよ、すごく……」

香代が力を込めると、彼は甘美な痛みと快感に喘いだ。

さらに彼女は両の乳首も交互に、モグモグと心地よい刺激を与えてくれた。

「ここも、痕《あと》が付くほど噛んで……」

慈雲は、脇腹や下腹にも、美少女の歯並びを食い込ませてもらった。前歯で噛むと痛いが、歯の全体で肉を咥《くわ》えてもらうとゾクゾクするほど心地よかった。

徐々に下降してもらい、股間を飛び越えて内腿も噛んでもらった。

香代も、次第に遠慮なくキュッと歯を立て、血が滲むほどではないにしろ、うっすらと歯形が付く程度には噛んでくれるようになった。

慈雲は、美少女に食べられているような錯覚に陥《おちい》り、屹立《きつりつ》した一物をヒクヒクと歓喜に震わせた。

いよいよ、香代も自分から一物に顔を寄せてきた。

「ね、こうして下さいませ」

香代は言って彼の両脚を浮かせた。そして自分もされたように、まずはチロチロと彼の肛門に舌を這わせてきたのだ。

「ああ……、気持ちいい……」

慈雲は、肛門から温かな風が入ってくるような快感に喘いだ。

香代は念入りに舐めて濡らしてから、ヌルッと舌先を潜り込ませた。

「あう……、いい……」

慈雲は、肛門でモグモグと美少女の舌先を締め付けながら呻いた。

彼女も、熱い鼻息でふぐりをくすぐりながら舌を蠢かせ、やがて慈雲の脚を下ろして舌を引き抜いてきた。

そのままふぐりにしゃぶり付き、二つの睾丸を転がし、袋全体を温かな唾液にまみれさせてから、ゆっくりと中央の縫い目を舐め、肉棒の裏側をペローリと舐め上げてきた。

「アア……」

慈雲は顔をのけぞらせて喘ぎ、滑らかな舌の感触を噛み締めた。

香代は先端まで来ると、鈴口から滲む粘液を舐め取り、張りつめた亀頭にしゃぶり付いてきた。

「ンン……」

彼女は熱い鼻息で恥毛をくすぐりながら、スッポリと喉の奥まで、小さな口で懸命に呑み込んできた。先端が喉の奥に触れると、生温かく清らかな唾液が分泌され、肉棒全体をどっぷりと浸《ひた》してきた。

たまに当たる歯並びも、実に新鮮で心地よく、慈雲は美少女の口の中でじわじわと高まっていった。

香代は笑窪《えくぼ》の浮かぶ頰をすぼめて懸命に吸い付き、内部ではクチュクチュと舌をからみつかせるように蠢かせてくれた。

そして慈雲も充分に高まると、口を離させ身体の上に引っ張り上げた。

「上から跨いで入れて……」

言いながら誘導すると、香代も素直に跨がって幹に指を添え、自らの唾液に濡れた先端を陰戸に押し当てていった。

「あう……」

ズブリと亀頭が潜り込むと、香代は息を詰めて呻き、それでも腰を沈めてヌルヌルッと根元まで受け入れていった。慈雲も肉襞の摩擦ときつい締め付けを味わい、美少女の温もりと感触を嚙み締めた。

彼は両膝を立て、香代を抱き寄せた。彼女も素直に身を重ね、息づくような収縮を一物に伝えてきた。

慈雲は下から香代に唇を重ね、ぷっくりした弾力を味わった。

そして甘酸っぱい芳香の息を嗅ぎながら舌を差し入れ、八重歯のある歯並びを舐め回すと、彼女もネットリと舌をからめてきた。

「唾《つば》をもっと出して……」

言うと、香代もクチュッと生温かな唾液を口移しに注ぎ込んでくれた。

プチプチと弾ける小泡の一つ一つにも果実臭が含まれ、慈雲はネットリした唾液を味わい、飲み込んで心地よく喉を潤した。

さらに彼は香代の口を大きく開かせると、鼻を押し込んで湿り気ある口の匂いを嗅いだ。

「ああ……、何と良い匂い……」

慈雲はうっとりと言いながら何度も美少女の息を嗅ぎ、胸の奥まで甘酸っぱい芳香に満たされた。香代も羞じらいながら、惜しみなくかぐわしく生温かな息を吐きかけてくれた。

「顔中に唾をかけて、思い切り」

「そんな、罰が当たります……」

「香代ちゃんの唾に清められたいのだよ。さあ」

再三促すと、ようやく香代も愛らしい唇をすぼめ、遠慮がちにペッと唾液を吐きかけてくれた。

「アア……、もっと強く、沢山かけて……」

慈雲は清らかな粘液を鼻筋に受け、果実臭の息に顔中を包まれながらせがみ、ズンズンと股間を突き上げはじめた。

「あん……、奥が、熱いわ……」

香代も奥まで刺激されて喘ぎながら、動きに合わせて腰を遣《つか》った。

そして次第に強く、唾液の洗礼を繰り返してくれ、慈雲の顔は美少女のヌメリにまみれた。

さらに香代は舌を伸ばし、吐きかけた唾液を拭《ぬぐ》い取るようにヌラヌラと舐め回してくれ、結果的に彼は顔中に塗り付けられた。

「そっと噛んで……」

慈雲は、彼女の口に頬や唇を押しつけて囁いた。

香代も、愛らしい歯でキュッキュッと慈雲の口や顔中を噛んでくれ、彼は急激に昇り詰めた。

「い、いく……、アアッ……！」

甘酸っぱい芳香に包まれ、肉襞の摩擦に高まりながら、とうとう慈雲は大きな快感の渦《うず》に巻き込まれてしまった。同時に、ありったけの熱い精汁がドクンドクンと内部にほとばしった。

「ああッ……、き、気持ちいいッ……！」

噴出を感じ取ると、香代もたちまち気を遣り、声を上ずらせて喘いだ。

そして膣内を収縮させながら、ガクガクと全身を震わせ、完全に大人と同じ反応を示したのだった。

慈雲は股間を突き上げながら、心ゆくまで快感を貪り、最後の一滴まで絞り尽くした。そしてゆっくりと動きを弱めてゆき、美少女の温もりと重みを受け止め、かぐわしい息を嗅ぎながら余韻に浸り込んだ。

「ああ……、こんな気持ちになったの、初めて……」

香代は荒い呼吸を繰り返しながら言い、なおもモグモグと膣内を収縮させ、肉棒を締め付け続けた。

その刺激に一物がヒクヒクと過敏に反応し、狭い肉壺の中で震えた。

「あん……、もう動かないで下さいませ……」

香代も感じすぎて声を洩らし、キュッときつく締め上げてきた。

慈雲も下から彼女を抱きすくめ、荒い呼吸を整えた。

「こんなにも、気持ち良いものだったのですね……」

「そうだよ。これからも、するごとにもっと良くなってくるからね」

香代が言うのに答え、慈雲は再び美少女の口を吸った。そしてトロトロと滴《したた》る唾液をすすり、渇《かわ》きを癒《いや》すように飲み込んだ。

「でも、何だか怖いような気持ち良さだわ……」

「気持ち良いことは、悪いことではないんだよ。我慢するより、ずっと良いことだ」

慈雲は言い、いつまでも重なっている美少女の温もりを噛み締め、うっとりと力を抜いていったのだった……。

五

「まあ、慈雲様。嬉しい……」

彼が訪ねていくと、井戸端で洗い物をしていた千香が顔を輝かせて立ち上がった。

やはり、香代が畑仕事に出ている頃合いを見計らってきたのだ。

千香は手を拭き、すぐにも慈雲を中へ招き入れ、忙しげに床を敷き延べた。もう、この用事以外はないと決めつけているようだ。

もちろん慈雲も、このために来たのである。

彼が僧衣を脱ぎはじめると、千香も帯を解き、手早く着物を脱ぎはじめていった。

「ねえ、千香さんにお願いがあります」

慈雲は、全裸で仰向けになりながら言った。

「はい、私に出来ることでしたら何なりと」

彼女も、一糸まとわぬ姿になって答えた。

「私の顔に足を乗せて下さい」

「まあ……、困ります。そのような畏《おそ》れ多いこと……」

言うと、千香はビクリと身じろいで答えた。しかし彼が足を舐めるのを好きなことは熟知しているので、恐る恐る顔の方に近づいてきた。

慈雲が足首を摑んで引き寄せると、千香も壁に手を突いて身体を支え、そろそろと足を浮かせてきた。

「アア……」

足裏を彼の顔に乗せると千香は喘ぎ、慈雲はうっとりと感触を嚙み締めた。

舌を這わせ、蒸れた芳香が濃く籠もる指の股に鼻を埋め、汗と脂の湿り気を執拗に味わった。

爪先をしゃぶりながら見上げると、すでに熟れた果肉からはヌラヌラと大量の蜜汁が湧き出し、ムッチリとした白い内腿にも伝いはじめていた。

全ての指の股を舐め尽くすと足を交代させ、慈雲は、そちらも新鮮な味と匂いを貪った。

そして顔を跨がせ、手を握って引き寄せ、しゃがみ込ませていった。

千香が厠《かわや》にしゃがむ格好になると、内腿と脹ら脛が量感を増して張り詰めた。

「あぁッ……、お許しを……」

千香は目を閉じ、声を震わせながら陰戸を彼の鼻先に突きつけてきた。

慈雲も腰を抱き寄せて目を凝らすと、陰唇の内側は淫水に満ち、かつて香代が生まれ出てきた膣口が艶めかしく息づいていた。

柔らかな恥毛に鼻を擦りつけて嗅ぐと、甘ったるい汗の匂いと悩ましい残尿臭が入り交じり、舌を這わせるとトロリとした淡い酸味の蜜汁が溢れ出てきた。

彼は収縮する膣口の襞を掻き回し、滴るヌメリをすすり、オサネにも吸い付いていった。

「あう……、き、気持ちいいッ……!」

千香が息を詰めて呻き、座り込まぬよう懸命に両足を踏ん張って悶えた。

慈雲は弾くようにオサネを舐め回しては、美女の熟れた体臭に噎せ返り、溢れる淫水を味わった。

さらに白く豊満な尻の真下に潜り込み、顔中に双丘を受け止めながら谷間の蕾に鼻を埋め込んだ。秘めやかな微香が悩ましく胸に沁み込み、舌を這わせると細かな襞が震えた。

舐めて濡らしてからヌルッと潜り込ませると、

「アアッ……、いけません……！」

千香が喘ぎ、キュッと彼の舌を肛門で締め付けてきた。

慈雲は滑らかな粘膜を味わい、内部で舌を執拗に蠢かせた。その間も、陰戸から溢れる蜜汁が彼の鼻をヌメヌメと濡らしてきた。

彼は充分に味わってから舌を引き抜き、再び割れ目に戻ってヌメリをすすり、オサネを舐め回した。

「も、もう堪忍……」

とうとう千香が降参するように言って、股間を引き離してきた。そしてグッタリとなりそうな身体を立て直し、懸命に彼の股間に顔を寄せていった。

慈雲も受け身になって身を投げ出し、股間に籠もる熱い息を感じながら期待に幹を震わせた。

千香はやんわりと幹を握り、先端に舌を這わせてきた。

鈴口を舐め回し、滲む粘液をすすり、張りつめた亀頭をパクッと含み、吸い付きながら根元まで呑み込んでいった。

「ああ……」

彼は喘ぎ、唾液にまみれながら一物を脈打たせ、美女の口腔の温もりとヌメリを味わった。

千香も深々と含み、上気した頬をすぼめて吸い付き、クチュクチュと執拗に舌をからみつかせてきた。彼が股間を突き上げると、千香も顔を上下させて濡れた口で摩擦してくれた。

さらに彼女がスポンと口を引き抜き、慈しむようにふぐり全体にも満遍《まんべん》なく舌を這わせると、充分に高まった慈雲は彼女の手を引いて股間に跨がらせていった。

下から先端を突き出すと、千香も陰戸を合わせ、息を詰めてゆっくりと腰を沈ませてきた。

「あぁーッ……！」

ヌルヌルッと根元まで貫《つらぬ》かれ、千香が顔をのけぞらせて喘いだ。

慈雲も、肉襞の摩擦に刺激されて高まり、股間に美女の重みを受け止めて快感を噛み締めた。

中は熱く濡れ、一物がキュッときつく締め付けられた。

慈雲がズンズンと小刻みに股間を突き上げると、千香ものけぞったままうねうねと腹を蠢かせて陰戸を擦りつけてきた。

やがて上体を起こしていられず、身を重ねてきたので彼も抱き留めた。

慈雲は顔を上げ、左右の色づいた乳首を交互に含み、舌で転がして吸い付いた。

たまに軽く歯を当てると、膣内が締まり、次第に彼女も突き上げに合わせて腰を遣いはじめた。

彼は両の乳首を充分に味わってから、腋の下にも顔を埋め込み、色っぽい腋毛に鼻を擦りつけ、甘ったるく濃厚な汗の匂いに噎せ返った。

そして首筋を舐め上げ、かぐわしい息の洩れる口に迫った。

今日も千香の口は熱く湿り気のある、白粉《おしろい》のように甘い匂いがしていた。

唇を重ね、舌を差し入れると、

「ンン……」

彼女も熱く鼻を鳴らして吸い付いてきた。

充分に舌をからめながら突き上げを強めていくと、大量に溢れた淫水が律動を滑らかにさせ、ピチャクチャと淫らに湿った音も響きはじめた。

慈雲は滴る唾液をすすり、心ゆくまで味わいながら喉を潤した。

「もっと出して……」

口を触れ合わせたまま囁くと、千香もことさらに大量の唾液をトロトロと口移しに注ぎ込んできた。

さらに慈雲が千香の口に鼻を押し込むと、彼女もヌラヌラと鼻の穴を舐め回してくれた。彼は甘い匂いに高まり、顔まで押しつけると、千香は頬や瞼まで舐め回してきた。

美女の唾液に顔中ヌラヌラとまみれ、息と唾液の匂いに包まれながら、とうとう慈雲は昇り詰めてしまった。

「いく……、アアッ……!」

突き上がる大きな快感に喘ぎながら、彼は熱い大量の精汁を勢いよく柔肉の奥に噴出させた。

「あう……、気持ちいい、いっちゃう……!」

奥深い部分を直撃されると、千香も同時に気を遣り、声を上ずらせてガクンガクンと狂おしい痙攣を開始した。

膣内の収縮も高まり、慈雲は心置きなく快感を貪り、最後の一滴まで出し尽くして動きを弱めていった。

「アア……、いい……」

千香は何度も押し寄せる快楽の波に喘ぎ、精汁を飲み込むようにキュッキュッと膣内を締め付けて悶えた。

そして徐々に熟れ肌の強ばりを解いてゆき、満足げに力を抜いていった。

慈雲も身を投げ出し、美女の重みと温もりを受け止め、甘い息を嗅ぎながらうっとりと快感の余韻を噛み締めた。

まだ膣内は思い出したようにキュッと締まり、刺激された亀頭が過敏に内部でピクンと跳ね上がった。

「気持ち良かったです。とっても……」

千香が荒い呼吸を繰り返して言い、完全に体重を預けてきた。

慈雲も抱き留めながら、荒い息遣いを整えた。

「こんな最中に何ですけれど、香代に婿《むこ》を取る話が出ております……」

千香が、重なったまま囁いた。

「え？　そうなのですか」

「近在に住む遠縁の三男坊ですが、優しくて働き者です」

「それはお目出度《めでた》い話ですね……」

答えながらも、慈雲は一抹《いちまつ》の寂しさを感じずにいられなかった。

もちろん自分とは一緒になれないのだし、香代も年頃だから、これは仕方のないことである。

「でも、これからも私とはよろしくお願い致します……」

「ええ、もちろん」

千香が、またキュッと膣内を締め付けて言うので、慈雲も頷き、香代ともあと何度情交出来るのだろうかと思うのだった。

第六章　熱き快楽に溺《おぼ》れる日々

一

「また来てしまいました。小澄とは、あれから何か？」

昼過ぎ、恵心が出かけたのを見計らったように、多恵が訪ねてきて慈雲に言った。

「いえ、まだですが……」

「左様ですか。いずれ近々お願い致します。いえ、今日はその用件ではなく……」

部屋へ上げると、多恵が熱っぽい眼差《まなざ》しで彼を見つめて言いよどんだ。

もちろん淫気を満々にして来たことは、その仕草から見て取れた。

やはり旗本は、子を成してしまうとろくに情交などしなくなるのかも知れない。まして慈雲がするような、様々な行為などするはずもないから、多恵は一気に目覚めて彼を求めてきたようだ。

慈雲も、多恵を見た瞬間から熱く股間が疼《うず》きはじめていた。

「では、床を延べればよろしいですか」

彼は言って立ち、すぐにも床を敷き延べ、僧衣を脱ぎはじめた。

多恵もモジモジと帯を解き、どうにも我慢できない淫気と期待に言葉少なになっていた。

先に全裸になって横たわると、手早く脱ぎ去り一糸まとわぬ姿になった多恵が、いきなり屹立《きつりつ》した肉棒に顔を寄せてきた。

「ああ……、私は、このような女ではないのですよ……」

言い訳のように言うなり、やんわりと幹を包み、先端に頬《ほお》ずりしてきた。

夫にも決して見せない淫《みだ》らな表情で、先端をそっと舐《な》め回しはじめた。

鈴口をしゃぶり、亀頭を含んで吸い付き、幹を舐め下りてふぐりにも舌を這《は》わせてきた。

そして二つの睾丸を舌で転がし、袋全体を温かな唾液にまみれさせると、再び肉棒を含んできた。

慈雲は彼女の下半身を引き寄せ、女上位の二つ巴《どもえ》の体勢で顔に跨《また》がらせた。

「ンンッ……！」

僧侶の顔に跨がり、多恵は羞恥《しゅうち》と興奮に熱く鼻を鳴らして一物を吸った。

慈雲も鼻先に迫った陰戸《ほと》を見上げ、漂《ただよ》う悩ましい匂いの熱気と湿り気に激しく興奮した。

白く丸い尻と太腿《ふともも》がムッチリと張りつめて顔に迫り、はみ出した陰唇が興奮に色づいて、ヌメヌメと大量の蜜汁に潤《うるお》っていた。間からは桃色の果肉が覗《のぞ》き、襞《ひだ》の入り組む膣口には白っぽく濁《にご》った粘液もまつわりついていた。

彼はまず潜《もぐ》り込んで、柔らかな茂みに鼻を埋め、汗とゆばりの混じった匂いを貪《むさぼ》ってから、濡《ぬ》れた陰戸に舌を這わせていった。

淡い酸味のヌメリをすすり、オサネを弾《はじ》くように舐め回すと、

「ク……」

多恵が熱く呻《うめ》いて反射的にチュッと亀頭に吸い付き、熱い鼻息でふぐりをくすぐってきた。なおも執拗《しつよう》に舐めると、すぐ目の上にある尻の谷間の蕾《つぼみ》がヒクヒクと艶《なま》めかしく収縮した。

慈雲は伸び上がり、蕾にも鼻を埋め込んで微香を嗅《か》ぎ、舌を這わせて襞の震《ふる》えを味わった。そして内部にも潜り込ませ、ヌルッとした粘膜を執拗に舐め回してから、再び陰戸に戻り、オサネに吸い付いていった。

「あぁッ……、もう駄目……」

多恵が降参したようにスポンと口を引き離し、早々と果ててしまうのを惜《お》しむように腰をくねらせた。

慈雲も舌を引っ込めて身を起こし、あらためて彼女を仰向けにさせ、足裏に舌を這わせた。やはりこの部分は股間に次いで、どうにも舐めたり嗅いだりしなければならぬ場所だった。

生温かく湿って蒸れた指の股に鼻を割り込ませて嗅ぎ、爪先《つまさき》にもしゃぶり付いた。

「アア……」

多恵は腰をくねらせて喘《あえ》ぎ、慈雲も両足とも念入りに賞味した。

そして気が済むと添い寝し、腕枕してもらいながら、濃く色づいた乳首に吸い付いていった。

今日も、強く吸うたびに生ぬるい乳汁が滲《にじ》み、それは次第に多く心地よく舌を濡らし、甘ったるい匂いが彼の口に満ちていった。

「ああ……、いい気持ち……、もっと吸って……」

多恵が喘ぎながら、張った乳房を自ら揉みしだき、絞り出すように乳汁を分泌させてくれた。

慈雲も徐々に移動してのしかかり、もう片方の乳首にも吸い付き、生ぬるい乳汁を吸い出しては喉を潤した。

左右とも充分に飲むと、慈雲も我慢できなくなり、久々に本手《ほんで》（正常位）で彼女の股の間に身を置き、先端を陰戸に押し込んでいった。

「アアーッ……！」

ヌルヌルッと一気に根元まで挿入すると、多恵がビクッと身を弓なりにさせて熱く喘いだ。

彼は深々と貫《つらぬ》いて股間を密着させ、脚を伸ばして身を重ねていった。

胸の下で柔らかな乳房を押しつぶし、肩に腕を回して白い首筋を舐め上げ、上から唇《くちびる》を重ねていった。

「ンンッ……！」

多恵も吸い付き、熱く甘い息を弾ませて呻きながら、待ちきれないようにズンズンと股間を突き上げてきた。

慈雲も舌をからめながら腰を遣《つか》い、何とも心地よい肉襞の摩擦《まさつ》と温もりに高まっていった。

淫水も、まるで粗相したようにトロトロと大量に溢《あふ》れて動きを滑《なめ》らかにさせ、揺れてぶつかるふぐりも生ぬるいヌメリに濡れ、卑猥《ひわい》に湿った摩擦音がクチュクチュと聞こえてきた。

彼は美女の柔らかな唇の感触を味わい、お歯黒の歯並びを舐め、熱く洩《も》れる白粉《おしろい》臭の甘い息で鼻腔《びこう》を満たした。

生温かな唾液をすすりながら味わって飲み込むと、いよいよ絶頂が迫り、彼は股間をぶつけるように激しく動かしはじめた。

「あうう……、気持ちいいッ、いく……、ああーッ……!」

すると、先に多恵が顔をのけぞらせて気を遣《や》り、彼を乗せたまま激しくガクガクと腰を跳《は》ね上げ、しがみつきながら彼の背に爪まで立ててきた。

慈雲も、膣内の収縮に合わせ、心地よく昇り詰めていった。

「く……!」

突き上がる大きな快感に短く呻き、彼はありったけの熱い精汁をドクンドクンと勢いよく柔肉の奥にほとばしらせた。

「アア……、熱いわ……」

膣内の奥深くに噴出を感じると多恵が喘ぎ、駄目押しの快感を得たように狂おしく身悶《みもだ》えた。

慈雲は心置きなく最後の一滴まで出し尽くし、徐々に動きを弱めながら熟《う》れ肌に体重を預けていった。

「ああ……、良かった……」

やがて多恵も吐息混じりに呟《つぶや》き、グッタリと四肢を投げ出して力を抜いていった。

慈雲は身を重ね、しばし収縮する膣内で幹を震わせ、熱く甘い息を嗅いで余韻を味わった。

そして呼吸を整えながら股間を引き離し、多恵に添い寝していった。

すると彼女も、精根尽き果てているはずなのに、またノロノロと移動して一物にしゃぶり付き、混じり合った体液にまみれた亀頭を吸った。

「あう……」

慈雲は射精直後の一物を刺激されて呻いたが、多恵も執拗に舌をからめ、再び喉の奥まで呑《の》み込んでいった。

陰戸が満足したので、今度は口でというような勢いで、慈雲も唾液にまみれながら急激にムクムクと回復していった。

「で、出てしまいます……」

慈雲は腰をよじり、再び絶頂を迫らせながら言った。

「構いません。私は、このようなことをする女ではないのですが、今だけ、どうしても……」

多恵は口を離して言い、なおも深々と含んできた。

どうやら果てるまで離してくれそうもないので、慈雲も気を込めて最後まで面倒を見てもらう体勢になった。

下からも股間を突き上げ、まるで口と情交しているようにクチュクチュと摩擦しはじめた。

「ンン……」

先端で喉の奥を突くたび多恵が呻き、熱い鼻息を恥毛に籠《こ》もらせた。

「い、いく……、アアッ……！」

やがて慈雲は、再び激しい快感に全身を貫かれ、勢いよく熱い精汁を美女の喉の奥へほとばしらせてしまった。

「ク……」

喉の奥に噴出を受け止め、多恵は小さく呻きながらも口を離さず、なおも頰をすぼめて吸い出してくれた。慈雲も肛門を引き締め、幹を震わせながら絞り尽くしてしまった。

彼がグッタリと力を抜くと、多恵も口に溜まった分をゴクリと飲み込んだ。そしてようやくスポンと口を引き離してから、なおも雫《しずく》の脹《ふく》らむ鈴口を丁寧に舐め回してくれた。

「ああ……、どうか、もう……」

慈雲は、クネクネと腰をよじりながら言い、降参したのだった。

二

「明日は、朝早くに出て、亡き旦那様の法要で番町《ばんちょう》へ行きます。明後日の昼には帰りますので、手習いの方は一人でお願いします」

夕餉《ゆうげ》の折、恵心が慈雲に言った。

「はい、承知致しました」

慈雲は答え、やがて食事を終えると後片付けと洗い物をした。

恵心も戸締まりをし、寝所の行燈《あんどん》に灯を入れた。

明晩は恵心がいないとなると、どうにも今宵《こよい》の内にあれこれしたいと淫気が湧《わ》いてきてしまった。

そして寝るばかりとなると、慈雲は恵心の寝所に入ってしまった。

「あの、構いませんか……」

「ええ」

言うと、恵心も彼の心根を察したように短く答えた。

慈雲が手早く寝巻を脱いで全裸になると、恵心も全て脱ぎ去り、添い寝してきてくれた。

彼は腕枕してもらい、甘い匂いのする柔肌に包まれた。

「ああ……、幸せです……」

慈雲は、自分にとって最初の女である、神々しい美女の胸に抱かれてうっとりと言った。

そして鼻先にある、色づいた乳首にチュッと吸い付き、柔らかな膨《ふく》らみに顔中を埋め込むと、恵心も優しく抱きすくめてくれた。

コリコリと硬くなった乳首を舌で転がすと、さらに甘ったるい体臭が漂った。

慈雲はもう片方にも手を這わせ、指の腹で乳首を弄《もてあそ》びながら夢中で吸った。

「アア……、良い気持ちです……」

恵心も声を洩らし、そっと彼の額に唇を押しつけてくれた。

慈雲は徐々にのしかかってゆき、もう片方の乳首にも吸い付いた。すると恵心も、仰向けになって身を投げ出してくれた。

彼は左右の乳首を交互に味わい、豊満な膨らみも、心ゆくまで感触と匂いを堪能した。さらに腋《わき》の下にも顔を埋め、柔らかな腋毛に鼻を擦《こす》りつけ、甘ったるい汗の匂いを貪った。

「ああ……」

恵心が、くすぐったそうに小さく喘いだ。

今宵の彼女は、いつになく声を洩らすので、あるいは慈雲以上に淫気が溜まっているのかも知れないと思った。

やがて美女の体臭で胸を満たしてから、彼は白く滑らかな肌を舐め下り、張りのある腹部に顔を押しつけて臍《へそ》を舐めた。

さらに腰から、ムッチリとした太腿へと移動し、スベスベとした脚を舐め下りていった。

脛《すね》から足首、足裏にも舌を這わせるが、恵心は一切拒《こば》むことなく、されるまま身を投げ出してくれていた。踵《かかと》から土踏まずを舐め、指の股に鼻を埋めると、やはり汗と脂《あぶら》の湿り気と、蒸れた芳香が籠もっていた。

慈雲は充分に恵心の足の匂いを嗅いでから、爪先にしゃぶり付いていった。指の股に順々に舌を割り込ませて賞味し、桜色の爪を噛《か》み、もう片方の足も念入りに味わった。

同じ仏門にいるせいなのか、恵心は足の先まで特別に清らかな感じがした。

そして慈雲は脚の内側を舌でたどり、両膝の間に顔を割り込ませていった。

白く滑らかな内腿を舐め上げていくと、熱気と湿り気の籠もる中心部が迫り、はみ出した陰唇が興奮に色づいて、内から溢れる蜜汁にヌメヌメと潤いはじめているのが見えた。

茂みに鼻を埋め込むと、甘ったるい汗の匂いが馥郁《ふくいく》と籠もり、下の方にはほのかなゆばりの匂いも悩ましく入り交じっていた。

慈雲は何度も深呼吸して美しき尼僧《にそう》の体臭を嗅ぎ、陰唇の内側に舌を差し入れていった。

中は、トロリとした生温かな淫水が満ち、淡い酸味のヌメリが舌の動きを滑らかにさせた。慈雲は夢中になって蜜汁を味わい、舌先で膣口を掻《か》き回し、オサネまで舐め上げた。

さらに上の歯で包皮を剝《む》き、露出した突起にチュッと吸い付いた。

「アア……」

恵心が喘ぎ、内腿でキュッと彼の両頬を挟み付けてきた。

慈雲は腰を抱え込んでオサネを舐め回し、さらに脚を浮かせて白く豊満な尻の谷間にも顔を押しつけていった。

可憐な薄桃色の蕾に鼻を埋め込むと、秘めやかな微香が感じられ、彼は充分に嗅いでから舌先でくすぐるように舐め回した。

細かな襞が収縮し、さらにヌルッと潜り込ませ、滑《なめ》らかな粘膜を味わうと、恵心は息を詰めながら肛門でモグモグと舌先を締め付けてきた。

慈雲は舌を出し入れさせ、やがて再び陰戸に戻って淫水をすすり、オサネを舐め回した。

「ああ……、慈雲どの、来て……」

恵心が熱く喘ぎ、自分から求めてきた。

彼も身を起こし、そのまま股間を進めていった。

急角度にそそり立った一物に指を添えて下向きにさせ、濡れた陰戸に擦りつけてヌメリをまつわりつかせた。

そして位置を定め、ゆっくりと挿入していった。

肉棒は、ヌルヌルッと滑らかな柔襞の摩擦を受けながら、根元まで呑み込まれていった。

「アアッ……！」

恵心が顔をのけぞらせて喘ぎ、熱く濡れた膣内でキュッと彼自身をきつく締め付けてきた。慈雲は股間を密着させ、温もりと感触を味わいながら脚を伸ばし、身を重ねていった。

胸で柔らかな乳房を押しつぶすと、彼女も下から両手を回してしがみつき、恥毛を擦り合わせながらズンズンと股間を突き上げてきた。

慈雲はのしかかり、恵心の喘ぐ口に鼻を押し込んだ。まるで、上も下も挿入したようだ。

恵心も口を開き、綺麗な歯でそっと彼の鼻を噛んでくれた。

美女の口の中は、熱く湿り気ある甘い花粉臭が満ちていた。

「ああ、恵心様のお口の中は、何とかぐわしい……」

慈雲はうっとりと嗅ぎながら言い、このまま恵心の口に身体中呑み込まれたい衝動に駆られた。

そして突き上げに合わせ、彼も腰を遣《つか》いはじめた。

大量に漏れる淫水に律動が滑らかになり、湿った摩擦音も聞こえてきた。

慈雲は唇を重ね、ネットリと舌をからめながら、甘い息の匂いと清らかな唾液を貪った。

しかし彼が高まりはじめると、恵心が動きを止めた。

「ねえ、慈雲どの。お願いがあります……」

「はい？　何でしょうか……」

このような最中に、何の願いかと慈雲が怪訝《けげん》に思うと、彼女は口を開いた。

「お尻の穴に、入れて下さい……」

「え……？」

彼は驚き、思わず聞き返した。

「陰間《かげま》はごく普通に行なうと聞きます。私の身体に、最後に残った無垢《むく》なところですので、それを慈雲どのに差し上げます……」

言われて、慈雲は激しい興奮に見舞われた。

彼は身を起こし、深く嵌《は》まり込んでいた肉棒をゆっくりと引き抜いた。そして恵心の脚を浮かせ尻を突き出させると、そこはさっき舐めた唾液と、陰戸から滴《したた》る蜜汁にネットリと濡れていた。

「よろしいのですか……」

「ええ、存分に」

恵心が答え、慈雲は淫水に濡れた先端を、彼女の蕾に押し当てた。彼女は力を緩めて口で呼吸をし、慈雲も気を込めながらグイッと股間を突き出した。

細かな襞が丸く押し広がり、張りつめた亀頭がズブリと潜り込んでしまった。

「く……」

恵心が微《かす》かに眉《まゆ》をひそめて呻いたが、最も太い雁首《かりくび》が入ってしまったので、あとは比較的楽にズブズブと押し込むことが出来た。

さすがに入り口は狭いが、内部は思ったより広く、ベタつきもなく滑らかだった。

「大丈夫ですか……」

「大事ありません。さあ、存分に動いて中に放って下さいませ……」

気遣うと、恵心が答え、キュッキュッと締め付けてきた。

細かな襞がピンと張り詰めて光沢を放ち、今にも裂けそうだった。

慈雲も、常ならぬ場所に入れた興奮と、恵心に残った最後の無垢な部分を征服した悦《よろこ》びに、腰を突き動かしはじめてしまった。

「アア……、もっと強く、奥まで……」

恵心は声を上ずらせて喘ぎ、自ら乳房を揉みしだいて高まっていった。

慈雲は膣と違う感触や温もりと、下腹部に当たって弾む尻の丸みの心地よさに、いくらも動かないうち激しく昇り詰めてしまった。

「い、いく……、アアッ……!」

彼は突き上がる快感に喘ぎ、ありったけの熱い精汁をドクンドクンと底のない穴の奥へほとばしらせてしまった。

「あうう……、出ているのね……」

恵心も噴出を感じて呻き、熟れ肌を波打たせて悶えた。

内部に満ちる精汁に、さらに動きがヌラヌラと滑らかになった。

やがて最後の一滴まで出し尽くした慈雲は、動きを止めてうっとりと余韻を味わった。そして腰を引くと、ヌメリと内圧により一物が押し出されてゆき、ヌルッと抜け落ちた。

何やら美女の排泄物になったような、奇妙な興奮が湧いた。

もちろん一物に汚れの付着はなく、肛門を覗き込むと、襞がめくれて粘膜が覗いていたが、徐々に元の可憐な蕾に戻っていった。裂けた様子もなく、慈雲も安心して一息つき、あらためて感激を嚙み締めたのだった。

三

「さあ、これで良いでしょう。あとは、ゆばりを放って中も洗い流しなさい」

暗い湯殿で、恵心が甲斐甲斐《かいがい》しく残り湯で慈雲の一物を洗い終えて言った。

慈雲も素直に尿意を高め、簀《す》の子にゆるゆると放尿した。し終わると、また恵心が洗い流してくれた。

彼は簀の子に座り込み、やはり求めてしまった。

「恵心様も、出して下さいませ……」

言い、目の前に彼女を立たせ、股を開かせた。

「良いのですか……」

恵心も彼の望みを聞いてくれ、すぐにも下腹に力を入れてくれた。しかも自ら股間に指を当て、陰唇を開いてくれたのだ。

「出ますよ……」

言うなり、陰戸から一条の流れがほとばしってきた。そのとき、折しも月が昇りはじめ、格子戸の隙間から柔らかな光が差し込んできた。

何という清らかで神々しい眺めだろう。

ほとばしるゆばりが黄金色にキラキラと輝き、正面に座っている慈雲の胸に温かく降りかかってきた。

彼は腰を抱き寄せ、割れ目に口を付けて受け止めた。

味も匂いも控えめで上品だが、飲み込むたびに甘美な悦びと興奮が胸いっぱいに広がった。そして溢れて胸から腹へ伝う流れを受け、一物がムクムクと雄々しく回復していった。

やがて流れが治まると、慈雲は割れ目内部を舐め回し、余りの雫《しずく》をすすった。

すると、すぐにも新たな淫水が湧き出し、淡い酸味とともに舌の動きがヌラヌラと滑らかになっていった。

恵心は、もう一度互いの身体にぬるい湯を浴びせてから、一緒に湯殿を出た。

身体を拭き、また全裸のまま寝所の布団に戻っていった。

「ねえ、もう一度、今度は陰戸の中で果てたいです。恵心様が上で」

仰向けになって言うと、彼女もその気になったらしく、慈雲の脚の方へと身を置いた。

そして彼の足首を摑《つか》んで浮かせ、足裏に柔らかな乳房に押しつけてきた。

「ああ……、いい気持ち……」

慈雲は、美女の乳房を踏みつけているような心地で喘いだ。

恵心は、彼のもう片方の足も浮かせ、乳房に押しつけて動かした。足裏に感じる乳首と、膨らみ全体の柔らかさが何とも心地よかった。

やがて恵心は屈み込み、屹立した一物に迫ってきた。今度は、乳房を一物に擦りつけ、谷間に挟んで揉んでくれた。

「アア……」

慈雲は夢のような快感に喘ぎ、柔らかな谷間でヒクヒクと肉棒を震わせた。

恵心は充分に揉みしだいてから顔を寄せ、先端に舌を這わせてきた。丁寧に優しくしゃぶり、丸く開いた口にスッポリと含んだ。

そのまま喉の奥まで呑み込み、キュッと締め付けて吸い、クチュクチュと舌をからみつかせてきた。

たちまち肉棒全体は清らかな唾液に生温かくまみれ、急激に高まってきた。

恵心はスポンと引き抜いて、ふぐりを念入りに舐め、さらに彼の脚を浮かせて尻の谷間も舐めてくれた。

清らかな舌先が肛門をチロチロと這い、中にもヌルッと潜り込んだ。

「あうう……」

慈雲は呻き、申し訳ない快感の中、キュッキュッと肛門を締め付けて恵心の舌を味わった。

彼女も中で舌を蠢《うごめ》かせてから、やがて引き抜き、再びふぐりを通過して肉棒にしゃぶり付いてきた。

「く……、どうか、もう……」

慈雲は激しく高まり、股間に熱い息を受けながら降参した。

すると、恵心もようやくスポンと口を引き離して身を起こし、そのまま彼の股間に跨がってきた。そして自らの唾液にまみれた先端を濡れた陰戸に押し当て、息を詰めて腰を沈み込ませた。

肉棒は、滑らかにヌルヌルッと根元まで呑み込まれ、恵心も完全に座り込んで股間を密着させてきた。

「アアッ……、いい……！」

恵心が顔をのけぞらせて喘ぎ、キュッときつく締め付けてきた。

慈雲も熱く濡れた肉壺に包まれ、股間に美女の重みを感じながら陶然《とうぜん》となった。

彼女はグリグリと貪欲に股間を擦りつけ、やがて身を重ねてきた。

慈雲も抱き留め、僅かに両膝を立て、陰戸だけでなく太腿と尻の感触も味わった。

「ああ……、突いて……」

恵心がのしかかって喘ぎ、慈雲も下からズンズンと股間を突き上げはじめた。

そして彼は恵心に唇を重ね、ネットリと舌を絡め合い、滴る唾液でうっとりと喉を潤した。

「もっと……」

囁《ささや》くと、彼女も大量の唾液をトロトロと口移しに注ぎ込んでくれ、慈雲も小泡の多い粘液を味わって飲み込んだ。

さらに恵心の口に鼻を押しつけ、唾液と吐息の匂いで甘ったるく鼻腔を満たしながら高まり、動きを速めていった。

「どうか、顔中にも……」

興奮に声を上ずらせて言うと、恵心も彼の鼻筋にクチュッと唾液の固まりを吐き出し、それを舌でヌラヌラと顔中に塗り付けてくれた。

「アア……、い、いきそう……」

慈雲が股間を突き上げながら甘えるように言うと、

「お出しなさい。私の中に、いっぱい……」

恵心が優しく囁き、たちまち彼は昇り詰めてしまった。

「いく……、あぁッ……！」

慈雲は突き上がる大きな快感に喘ぎながら、熱い大量の精汁を勢いよく内部にほとばしらせた。

「も、もっと出して……、アアーッ……！」

噴出を感じ取ると同時に、恵心も声を上ずらせて喘ぎ、ガクンガクンと狂おしい痙《けい》攣《れん》を起こして気を遣った。

膣内の収縮に合わせて精汁が脈打ち、慈雲は溶けてしまいそうな快感の中で心ゆくまで出し尽くした。

すっかり満足し、彼は徐々に動きを弱めていった。

恵心も熟れ肌の強《こわ》ばりを解きながら彼に体重を預け、いつしか力を抜いてグッタリともたれかかってきた。

「ああ……、身体が宙に舞うようでした……」

恵心も満足げに言い、名残《なごり》惜しげにキュッキュッと膣内を収縮させた。やはり肛門ではなく、正規の場所で果てたかったのだろう。

締め付けられるたび、慈雲は過敏に反応しピクンと内部で幹を跳ね上げた。

そして恵心の甘い息を嗅ぎながら、うっとりと快感の余韻に浸り込んでいった。

「さあ、今宵はもう顔を洗って寝なさい。顔中、私の唾でヌルヌルですよ……」

恵心が優しく囁いた。

「いえ、恵心様の匂いに包まれたまま眠ります……」

「ふふ、お莫迦《ばか》さんね……」

彼女が言い、やがてゆっくりと股間を引き離した。そして懐紙で手早く陰戸を拭《ぬぐ》うと、一物も包み込むようにして丁寧に処理してくれた。

再び添い寝し、腕枕して掻巻《かいまき》を掛けてくれたので、どうやらこのまま寝てくれるようだ。

慈雲は恵心の温もりと匂いに包まれながら、幸福感を噛み締めたのだった。

四

「あの、慈雲様。これを……」

「うん？　どうした、手紙か」

手習いを終え、帰ったと思った子供が一人引き返してきて、慈雲に手紙を渡した。

今朝は早くに恵心が出て行き、慈雲は一人で子供たちの読み書きを見てやっていたのだ。

それも終えたのに、子供が言付かった手紙を持って戻ってきたので、慈雲は胸騒ぎがした。

「これをお前に渡したのは、どんな人だった？」

「痩《や》せたお侍でした」

「そうか。分かった。有難《ありがと》う。では気をつけて帰れよ」

慈雲が言うと、子供は礼儀正しく一礼して帰っていった。

部屋に戻って開いてみると、思った通り柴田英之進からの手紙だった。

例の女武芸者に伝えて欲しい。明朝、明け六つ（日の出の少し前）、大川一本松の堤《つつみ》にて待つ、とだけ記されていた。

一本松は、ここからもほど近く、浅草方面へ行く渡し場より二町（約二二〇メートル）ほど下った寂しい場所だった。

小澄に伝えたくはないが、あの陰険《いんけん》そうな英之進のことだ。逆恨みして寺に火でも点けられたら困る。

慈雲は、湯漬けで軽く昼餉《ひるげ》を済ませ、どうしたものか迷い悩んだ。

そして、やはり小澄に告げ、その上で戦いを回避する方法を探ろうという結論に達したのだった。

やがて、当の小澄が寺を訪ねてきた。

「恵心様は法要で不在のようだな」

「そうなのです。明日昼過ぎに戻ると思いますが」

言う小澄に答え、彼は座敷に招き入れた。

そして慈雲は、手紙を差し出した。

「これは何か……」

小澄は言って手に取り、開いて目を通した。

「あの男か……、面白い……」

「何とか、止める方法はないものでしょうか。勝っても、何の得にもなりませんでしょう」

「損得ではない。武士の意地だ。それに私は、袋竹刀《ふくろしない》での稽古など飽きた。先日、この男と白刃を交え、実に心躍《おど》るものを感じたのだ」

「人を斬ってみたいのですか」

「そうだ。そのための稽古に明け暮れてきたが、もう戦《いくさ》などない」

小澄は、目をキラキラさせ言葉に力を込めた。

「慈雲、頼みがある」

「何でしょう」

「私と一緒になって欲しい」

「え……？」

「明日の今頃、私は人殺しになっていよう。むろん尋常な勝負だから咎《とが》めはなかろうが、ますます私の夫になどと言う男は減るだろう」

「しかし、私は……」

「夫婦でなくとも良い。そう、好敵手の菩提《ぼだい》を弔《とむら》うため、恵心様の弟子になり剃髪《ていはつ》しても良いのだ。私は、ここで恵心様やお前と暮らしたい」

「そんな、お屋敷では反対なさるでしょう」

「吉野の家は、すでに長兄が継いでいるから構わぬ」

小澄は、すっかり自分の考えに陶酔しているようだった。

「では、どうしても戦うおつもりなのですね」

「そうだ。実戦で自分の腕を知りたい」

「そうですか……。ならば、全てのことが済んでからまたお話ししたいと思います」

「ああ、それで良い」

小澄は答え、話を終えると急に淫気を露《あら》わにし、熱く艶めかしい眼差しに切り替わった。

慈雲も、全ては明日のこととし、今は目の前の美女に集中し、床を敷き延べて僧衣を脱いでいった。

彼女は大小を部屋の隅に置いて黙々と袴《はかま》を脱ぎ、着物と襦袢《じゅばん》を脱ぎ去って見る見る引き締まった肢体《したい》を露わにしていった。

やがて一糸まとわぬ姿になった小澄が布団に仰向けになると、やはり全裸になった慈雲は彼女の足の方に屈み込んでいった。道場の床を踏みしめる逞《たくま》しくて大きな足裏に舌を這わせると、

「アアッ……、また、そのようなところから……」

小澄はすぐにも喘ぎはじめ、クネクネと腰をよじって反応した。

指の股は汗と脂にジットリと湿り、ムレムレになった芳香が濃く籠もっていた。

慈雲は爪先にしゃぶり付き、指の股に舌を割り込ませて味わい、もう片方の足も念入りに賞味した。

小澄は激しく喘ぎ、すでに大量の淫水を漏らしはじめたようだった。

彼は脚の内側を舐め上げてゆき、両膝の間に顔を割り込ませていった。ムッチリと張りのある内腿を舐め、ときに軽く歯を立てながら股間に迫ると、悩ましい匂いを含んだ熱気と湿り気が顔中を包み込んできた。

見ると、はみ出した陰唇は興奮に濃く色づき、間からはヌメヌメと淫水が溢れていた。花びらを広げると、息づく膣口の襞には白っぽい粘液もネットリとまつわりついていた。

慈雲は吸い寄せられるように、柔らかな茂みに鼻を埋め込んで嗅いだ。

甘ったるい汗の匂いが濃厚に籠もり、それにほのかな残尿臭も入り交じって鼻腔を刺激してきた。

彼は美女の体臭を貪りながら舌を這わせ、陰唇を濡らす淡い酸味のヌメリをすすった。舌を差し入れ、息づく膣口をクチュクチュと掻き回し、滑らかな柔肉をたどってコリッとしたオサネまで舐め上げた。

「あう……、気持ちいい……」

小澄がビクッと顔をのけぞらせて呻き、張りのある内腿でキュッときつく彼の顔を締め付けてきた。

慈雲はもがく腰を抱え込み、執拗にオサネを弾くように舐め続けた。

蜜汁の量が増し、彼は充分に味わってから、さらに小澄の脚を浮かせ、白く丸い尻の谷間にも顔を押しつけていった。

双丘の弾力を顔中に受け止めながら、可憐な蕾に鼻を埋め込み、秘めやかな微香を嗅いで興奮を高めた。舌先でくすぐるように舐め回し、襞の収縮を味わってからヌルッと潜り込ませると、

「く……、もっと奥まで……」

小澄はモグモグと肛門を締め付け、少しでも奥まで彼の舌を受け入れるように力を緩めて呻いた。

慈雲も、滑らかな粘膜を味わいながら舌を蠢かせ、やがて引き抜くと、入れ替わりに左手の人差し指を肛門に潜り込ませた。

さらに右手の二本の指を濡れた膣口に押し込み、手のひらを上に向けて指の腹で天井を圧迫しながら、再びオサネに吸い付いていった。

「あぁッ……、いい……、もっと強く……！」

最も感じる部分への三点責めに、小澄が声を上ずらせて喘ぎ、それぞれの穴で彼の指をキュッと締め付けてきた。

慈雲は、肛門に入った指を出し入れさせるように動かし、膣内の二本指で内壁を小

刻みに摩擦しては天井を刺激し、大きめのオサネも軽く歯で挟みながらチロチロと舌先で弾いた。

「あうう……、すごく気持ちいい……！」

小澄は激しく腰をよじって呻き、粗相したようにトロトロと淫水を漏らした。

すでに何度か気を遣る波が押し寄せているようにヒクヒクと下腹が震え、彼女の全身が弓なりに反《そ》り返って硬直した。

「アア……、駄目、いく……！」

とうとう小澄が気を遣り、口走るなり激しい痙攣を起こし、やがてグッタリとなってしまった。

慈雲は、彼女の前後の穴から指を引き抜いた。肛門に入っていた指に汚れの付着はなく、爪に曇りはないが微かな匂いが感じられた。膣内の二本の指は大量の白っぽい蜜汁にまみれ、指の間に膜が張るほどヌメヌメとまみれていた。指の腹は、湯上がりのようにふやけてシワになっていた。

慈雲はのしかかり、屹立した肉棒を本手でヌルヌルッと挿入し、身を重ねて屈み込み、色づいた乳首に吸い付いた。

「く……！」

貫かれ、小澄が小さく呻き、キュッときつく彼自身を締め付けてきた。

慈雲は温もりと感触を味わいながら、左右の乳首を交互に含み、充分に吸い付いて愛撫し、柔らかな膨らみを顔中で味わった。

さらに腋の下にも顔を埋め、腋毛に鼻を擦りつけ、濃厚に甘ったるい汗の匂いで胸を満たした。

徐々に腰を遣いはじめると、

「ああ……」

放心していた小澄も、徐々に自分を取り戻して喘ぎ、ズンズンと下からも股間を突き上げてきた。

慈雲は股間をぶつけるように突き動かして充分に高まったが、果てる前に動きを止め、そろそろと引き抜いていった。

「や、止めないで……」

「やはり、小澄様が上に……」

せがむ彼女に答えながら横たわると、小澄も入れ替わりに身を起こし、まずは彼の股間に顔を寄せてきた。熱い息を弾ませながら先端にしゃぶり付き、スッポリと喉の奥まで呑み込んで吸い付いた。

「ああ……」

慈雲は快感に喘ぎ、温かく濡れた美女の口の中で幹を震わせた。

小澄も深々と含み、頬をすぼめて吸い、クチュクチュと舌をからませて清らかな唾液にまみれさせてくれた。

そして吸い付きながらチュパッと引き離し、ふぐりにも舌を這わせ、充分に二つの睾丸を転がして袋を唾液に濡らしてから、さらに彼の脚を浮かせ、肛門まで舐め回してくれた。

「く……！」

ヌルッと舌先が潜り込むと、慈雲は一物を震わせながら呻き、モグモグと肛門で美女の舌を締め付けた。彼女も念入りに舌を蠢かせてから、引き抜いて脚を下ろし、再び肉棒にしゃぶり付き、充分に吸ってくれた。

いよいよ慈雲が危うくなる頃合いを見計らうと、小澄は口を離して身を起こし、彼の股間に跨がってきた。

先端を陰戸に押し当て、位置を定めると息を詰めてゆっくりと腰を沈み込ませた。

たちまち、屹立した肉棒はヌルヌルッと柔襞の摩擦を受けながら、根元まで呑み込まれていった。

「アアーッ……、いい……！」

小澄が顔をのけぞらせ、完全に座り込みながら喘いだ。

慈雲も、熱く濡れた膣内に包まれ、股間に重みと温もりを感じながら快感を噛み締めた。

彼女は、密着した股間を擦りつけるように動かした。

やはり指と舌で気を遣るよりも、こうして一つになるのが最高なのだろう。

引き締まった腹部がうねり、味わうような収縮を繰り返してから、やがて小澄は身を重ねてきた。

慈雲も下から抱き留め、両膝を立てながらズンズンと小刻みに股間を突き上げはじめた。

「ああ……、いい、奥まで響く。もっと強く、激しく突いて……」

小澄が動きに合わせ、腰を遣いながら喘いだ。大量に溢れる淫水が律動を滑らかにさせ、彼のふぐりから内腿までネットリと濡らしてきた。そしてピチャクチャと淫らに湿った摩擦音も響きはじめた。

慈雲が唇を求めると、小澄も上からピッタリと重ね合わせ、ヌルリと舌を潜り込ませてくれた。

彼は美女の生温かな唾液を飲み込みながら、滑らかに蠢く舌を味わった。熱く湿り気ある息は果実のように甘酸っぱく、濃厚に鼻腔を刺激してきた。

股間の突き上げを速めながら舌を差し入れると、

「ンンッ……！」

小澄も熱く鼻を鳴らし、チュッと彼の舌に強く吸い付いてきた。

さらに慈雲が小澄の口に鼻を押しつけると、彼女も惜しみなくかぐわしい息を吐きかけてくれながら、ヌラヌラと舌を這わせてくれた。

慈雲は顔中美女の生温かな唾液にまみれながら高まり、そのまま昇り詰めてしまった。

「い、いく……、あぁッ……！」

突き上がる大きな快感に喘ぎ、彼はありったけの熱い精汁をドクンドクンと勢いよく柔肉の奥へほとばしらせた。

「き、気持ちいいッ……！　アアーッ……！」

噴出を感じた途端、小澄も激しく気を遣って声を上げ、ガクンガクンと狂おしく全身を波打たせた。

彼は収縮を高める膣内で心ゆくまで快感を味わい、最後の一滴まで出し尽くした。

すっかり満足して徐々に動きを弱めていくと、小澄も肌の強ばりを解き、グッタリと力を抜いてもたれかかってきた。

慈雲は小澄の甘酸っぱい吐息を間近に嗅ぎながら、うっとりと快感の余韻を嚙み締めた。そして、いつまでも膣内の収縮に刺激されて、ヒクヒクと一物を過敏に反応させた。

「ああ……、良かった。すごく……」

小澄も満足げに吐息混じりに呟き、遠慮なく彼に体重を預けてきたのだった。

五

（良かった。間に合ったか……）

慈雲は、錫杖《しゃくじょう》を手に一本松の堤まで来ると、対峙する二人を見て思った。

東天が赤らんで日が昇り、秋の朝風が河原を吹き抜けていた。聞こえるのは川のせせらぎだけで、通る人は誰もいなかった。

慈雲が、二人の方へと近づいていくと、向かい合っていた小澄と英之進も気づいてこちらに顔を向けた。

「おお、坊主が来たなら都合が良い。死んだ方を供養してくれ」

英之進が言い、死闘の喜びに笑みを浮かべていた。

そして小澄もまた、闘志を満々にし、邪魔するなと言いたげに慈雲から目をそらして英之進に向き直った。

「剣の腕だけでは、この泰平の世に仕官も叶わなかった。おかげで落ちるところまで落ちたが、生まれついての旗本とは意気込みが違うぞ」

英之進が、小澄に嘯《うそぶ》いた。この数日間酒を抜ききり、以前より血色も良くなり生き生きとした感じである。

「女を斬るのは初めてだ。望むなら死んでから抱いてやろう」

「世迷い言はもうよかろう」

小澄が言って、スラリと抜刀した。

それに合わせ、英之進も無駄口を止めて唇を引き締めると、一気に大刀を抜き放った。

(ああ……、愚《おろ》かな……)

慈雲は思い、双方青眼《せいがん》に構えた二人をどうすることも出来なかった。

二人はじりじりと間合いを詰め、風に袴をなびかせた。

「えい！」

小澄が気合いを発して踏み込み、真っ向から斬りかかった。

それを英之進が受け流すと、金属音とともに火花が散った。返す刀で袈裟《けさ》、それを避けた小澄がさらに踏み込んで突き。

息詰まる対決に、慈雲は立っているのがやっとだった。

しかし、何合も合わせぬうち、意外なほど早く決着がついてしまった。

鍔《つば》迫《ぜ》り合いになると、英之進が小澄の腹を蹴り、呻いたところへ袈裟に斬り下ろしたのだ。

やはり正式な剣法ではなく、臨機応変に動く戦場の戦い方なのだろう。

「アッ……！」

小澄が驚いたように声を上げて硬直し、一瞬間を置いて鮮血がしぶいた。

「うわ……、小澄様……！」

慈雲は駆け寄り、用意してきた袋を英之進の顔に投げつけた。中には灰が仕込んである。

「む……！」

パッと飛び散る灰に、英之進は目を押さえて呻いた。

続けざまに、慈雲は鉄環の付いた錫杖を、渾身《こんしん》の力で英之進の脳天に振り下ろしていた。

長い錫杖なら、刀の間合いより遠くから攻撃できると踏んだのだ。

「ヤッ!」

しかし、目を閉じながら英之進は声を上げ、錫杖を斜めに切断していた。

同時に慈雲は、胸に熱いような衝撃を覚えた。

「え……?」

彼は、錫杖ごと胸を切り裂かれたことを悟った。

やはり、武士は侮《あなど》るべきではなかったのだ。

慈雲は激痛を堪《こら》えながら、必死になって英之進に組み付いた。

「く、離せ……!」

英之進がもがき、見えぬ目で懸命に慈雲に斬りかかろうとした。

慈雲はもう何も考えずに、ただ英之進にしがみついて、その動きを封じようとしていた。

その瞬間、迫っていた小澄の切っ先が英之進の心の臓を貫いていた。

「むぐ……!」

英之進が呻いて硬直し、深々と小澄の刀を胸に刺したまま、やがて堤の斜面を転げ落ちていった。

小澄は、自分の刀を引き抜く力も残っていなかったようだ。

「莫迦……、余計なことを……」

小澄は言いながら、よろめく慈雲に縋《すが》り付いてきた。

その勢いに、二人も並んで仰向けに倒れた。斬られた痛みは遠のき、彼は流れ出る自分の血の音を聞いた。

「い、医者を……」

隣で小澄が呻くように言ったが、すでに彼女も起き上がる力を失っていた。

慈雲は、恵心に何と詫びようかと思った。そして小澄の姉、多恵にも。さらには千香と香代母娘の顔も浮かんだ。

東の空は昇る日に赤く燃えているが、真上の空は抜けるように澄み、どこまでも青かった。

と、一羽の鳶《とび》が鳴きながら輪を描いた。

（ああ、またこの夢か……）

朦朧《もうろう》としながら、慈雲は思った。

すでに、隣にいる小澄の方に目を向けることもかなわず、身動きできないまま彼は空を見つめていた。

また目が覚めれば、多くの女たちとの楽しい日々が待っているだろう。

そう思い、慈雲は目を閉じたのだった……。

一〇〇字書評

切り取り線

購買動機（新聞、雑誌名を記入するか、あるいは○をつけてください）

□（　　　　　　　　）の広告を見て	
□（　　　　　　　　）の書評を見て	
□ 知人のすすめで	□ タイトルに惹かれて
□ カバーが良かったから	□ 内容が面白そうだから
□ 好きな作家だから	□ 好きな分野の本だから

・最近、最も感銘を受けた作品名をお書き下さい

・あなたのお好きな作家名をお書き下さい

・その他、ご要望がありましたらお書き下さい

住所	〒				
氏名		職業		年齢	
Eメール	※携帯には配信できません	新刊情報等のメール配信を 希望する・しない			

この本の感想を、編集部までお寄せいただけたらありがたく存じます。今後の企画の参考にさせていただきます。Eメールでも結構です。

いただいた「一〇〇字書評」は、新聞・雑誌等に紹介させていただくことがあります。その場合はお礼として特製図書カードを差し上げます。

前ページの原稿用紙に書評をお書きの上、切り取り、左記までお送り下さい。宛先の住所は不要です。

なお、ご記入いただいたお名前、ご住所等は、書評紹介の事前了解、謝礼のお届けのためだけに利用し、そのほかの目的のために利用することはありません。

〒一〇一‐八七〇一
祥伝社文庫編集長 坂口芳和
電話 〇三（三二六五）二〇八〇

祥伝社ホームページの「ブックレビュー」からも、書き込めます。

http://www.shodensha.co.jp/bookreview/

祥伝社文庫

尼《あま》さん開帳《かいちょう》

平成24年10月20日　初版第1刷発行

著　者　睦月影郎《むつきかげろう》

発行者　竹内和芳

発行所　祥伝社《しょうでんしゃ》
東京都千代田区神田神保町3-3
〒101-8701
電話　03（3265）2081（販売部）
電話　03（3265）2080（編集部）
電話　03（3265）3622（業務部）
http://www.shodensha.co.jp/

印刷所　萩原印刷
製本所　積信堂
カバーフォーマットデザイン　中原達治

 ISBN978-4-396-33801-5 C0193

祥伝社文庫　今月の新刊

渡辺裕之　傭兵の岐路　傭兵代理店外伝
新たなる導火線！ 闘いを終えた男たちの行く先は……

西村京太郎　外国人墓地を見て死ね　十津川警部捜査行
墓碑銘に秘められた謎――横浜での哀しき難事件。

柴田よしき　竜の涙　ばんざい屋の夜
人々を癒す女将の料理。ヒット作『ふたたびの虹』続編。

谷村志穂　おぼろ月
名手が描く、せつなく孤独な「出会い」と「別れ」のドラマ。

加藤千恵　映画じゃない日々
ある映画を通して、不器用に揺れ動く感情を綴った物語。

南　英男　危険な絆《きずな》　警視庁特命遊撃班
役者たちの理想の裏側に蠢く黒幕に遊撃班が肉薄する！

鳥羽　亮　風雷　闇の用心棒
謂われなき刺客の襲来。仲間を喪った平兵衛が秘剣を揮う。

小杉健治　朱《しゅ》刃《じん》　風烈廻り与力・青柳剣一郎
江戸を騒がす赤き凶賊。青柳父子の前にさらなる敵が！

辻堂　魁　五《ご》分《ぶ》の魂　風の市兵衛
金が人を狂わせる時代を、〝算盤侍〟市兵衛が奔る。

沖田正午　げんなり先生発明始末
世のため人のため己のため(?)新・江戸の発明王が大活躍！

井川香四郎　千両船　幕末繁盛期・てっぺん
大坂で材木問屋を継いだ鉄次郎、波瀾万丈の幕末商売記。

睦月影郎　尼《あま》さん開帳
見習い坊主が覗き見た、寺の奥での秘めごととは……